Wilhelm Krause

# Die Membrana fenestrata der Retina

Antigonos

**Wilhelm Krause**

# Die Membrana fenestrata der Retina

Unveränderter Nachdruck der Originalausgabe von 1868.

1. Auflage 2024   |   ISBN: 978-3-38616-014-8

Antigonos Verlag ist ein Imprint der Outlook Verlagsgesellschaft mbH.

Verlag: Outlook Verlag GmbH, Zeilweg 44, 60439 Frankfurt, Deutschland, info@outlook-verlag.de
Vertretungsberechtigt: E. Roepke, Zeilweg 44, 60439 Frankfurt, Deutschland
Druck: Libri Plureos GmbH, Friedensallee 273, 22763 Hamburg, Deutschland

# DIE

# MEMBRANA FENESTRATA

## DER

# RETINA

VON

## W. KRAUSE,

PROFESSOR IN GÖTTINGEN.

MIT ZWEI KUPFERTAFELN.

## LEIPZIG,

VERLAG VON WILHELM ENGELMANN.

1868.

# Inhalt.

# I. Historisches.

An den Aussengliedern der Stäbchen haben H. Müller[1] beim Barsch, Ritter[2], Manz[3] und Schiess[4] beim Frosch, Hulke[5] beim Frosch und bei Chelonia mydas eine Hülle unterscheiden zu können geglaubt.

Die Substanz der Aussenglieder selbst zerfällt, wie seit Hannover[6] bekannt ist, sehr häufig und unter verschiedenen Umständen (bei Verdunstung Hannover, nach Einwirkung von Wasser etc.) in verschiedene dicke Scheiben oder Plättchen, die in ihrem Aussehen den Discs einer quergestreiften Muskelfaser vergleichbar sind. H. Müller[7] hatte aus dieser Erscheinung geschlossen, dass die Trennungslinie, welche man zwischen Aussenglied und Innenglied bemerkt, eine Leichen-Erscheinung sei (s. pag. 3). E.H. Weber[8] glaubte einen lamellös geschichteten Bau der Stäbchen annehmen zu dürfen und wollte denselben für die Theorie der Licht-Empfindung verwerthen. M. Schultze[9] hielt die Querstreifen für den Ausdruck einer Zusammensetzung der Aussenglieder aus zwei verschieden stark lichtbrechenden Substanzen, und es wurde aus der beschriebenen Erscheinung eine Theorie der Licht-Empfindung mittelst »stehender Wellen« abgeleitet, worüber der physiologische Abschnitt dieser Abhandlung zu vergleichen ist.

Im Gegensatz zu der Querstreifung findet sich an den Stäbchen-Aussengliedern beim Frosch unter gewissen Umständen eine Längsstreifung. Dies ist, wie Hulke[10] angab, eine der ersten Veränderungen, welche an den frischen Stäbchen auftritt. Sie zeigt sich nach M. Schultze[11] auch bei Triton, Salaman-

---

1) Zeitschr. f. wissensch. Zool. 1856. Bd. VIII. S. 8.

2) Archiv für Ophthalmologie 1859. Bd. V. Abth. 2. S. 101.

3) Zeitschr. f. ration. Medicin 1860. Bd. X. S. 309.

4) Zeitschr. f. ration. Medicin 1863. Bd. XVIII. S. 130.

5) London ophthalm. hospit. reports 1864. Bd. IV. S. 243.

6) Arch. f. Anat. u. Physiol. 1840. S. 331. Recherches microscop. 1844. Taf. IV Fig. 52. Taf. V Fig. 60.

7) Zeitschr. f. wiss. Zool. 1856. Bd. VIII. S. 8. Würzb. naturwiss. Zeitschr. 1862. Bd. III. S. 27. Anmerk.

8) Berichte der k. sächs. Akad. der Wiss. zu Leipzig. 1851. S. 139.

9) Arch. f. microscop. Anat. 1867. Bd. III. S. 216.

10) Ophthalmic hospital reports 1864. Bd. IV. S. 245.

11) Arch. f. microscop. Anat. 1866. Bd. II. S. 257. 1867. Bd. III. S. 488.

dra maculata und beim Hecht. Die Streifung reicht nach letztgenanntem Beobachter durch die ganze Dicke des Stäbchens, wogegen Hensen[1] eine ring-
förmige Schicht von Fasern auf dem Querschnitt und ausserdem an Osmiumsäure-
Präparaten in der Axe des blasig aufgequollenen Aussengliedes drei Fäden
beobachtete.

Schon früher hatte Ritter[2] in den Aussengliedern der Stäbchen beim
Frosch eine Axenfaser wahrgenommen, zu deren Darstellung Chromsäure-
Lösung von »hellgelber bis madeiraähnlicher Farbe« angewendet wurde. Mit
ähnlichen Methoden erhielten Manz[3] und Schiess[4] dieselben Resultate.
Ritter[5] selbst fand den jetzt sog. Ritter'schen Faden später auch beim Wal-
fisch und in allen Wirbelthierclassen.

Beim Meerschweinchen und der Maus sah M. Schultze[6] in jedem Stäbchen bei Einstellung auf die Aussenfläche der frischen Retina eine scheinbar
central gelegene kurze Linie auftreten, und Hensen[7] bestätigte diese Angabe
für die Fledermaus.

In den Innengliedern der Stäbchen des Menschen hatte W. Krause[8] eine
centrale Axenfaser an Augen aufgefunden, die unmittelbar nach dem Tode in
H. Müller'sche Flüssigkeit gelegt worden waren. Hensen[9] bestätigte diesen
Faden an Osmiumsäure-Präparaten beim Menschen und der Fledermaus, später Hasse[10] beim Menschen, auch an Präparaten aus Müller'scher Flüssigkeit,
und M. Schultze[11] sah denselben in Stäbchen von Macacus cynomolgus mit
Hülfe von Jodserum.

In den Stäbchen des Frosches war von Hulke[12] ein kleiner rundlicher
(subglobular mass) Körper am äusseren Ende des Innengliedes beobachtet.
M. Schultze[13] fand denselben Körper in den Stäbchen-Innengliedern des
Frosches, Salamanders, Hechtes, Huhnes, und nannte ihn linsenförmig, welcher Ausdruck die wahre, mehr ellipsoidische Gestalt desselben jedenfalls
nicht gut bezeichnet. Nach Kölliker[14] soll H. Müller[15] dasselbe Gebilde
bereits beschrieben haben. An den von Kölliker citirten Stellen findet sich
vom Barsch die Angabe, dass »eine kleine Partie der stärker lichtbrechenden

---


1) Arch. f. pathol. Anat. 1867. Bd. 39. S. 488.
2) Arch. f. Ophthalmol. 1859. Bd. V. Abth. 2. S. 104.
3) Zeitschr. f. ration. Medicin. 1860. Bd. X. S. 301.
4) Daselbst 1863. Bd. XVIII. S. 129.
5) Die Structur der Retina. 1864. S. 30.
6) Arch. f. microsc. Anat. 1866. Bd. II. S. 219.
7) Arch. f. pathol. Anat. 1867. Bd. 39. S. 486.
8) Zeitschr. f. ration. Medic. 1861. Bd. XI. S. 182. Taf. VII. B. Fig. 2, 3, 4.
9) Arch. f. pathol. Anat. 1867. Bd. 39. Taf. XII. Fig. 5. H. i. Fig. 6. G. i.
10) Zeitschr. f. ration. Medicin. 1867. Bd. 29. S. 243. Taf. VII. Fig. 5.
11) Arch. f. microscop. Anat. 1867. Bd. III. S. 223. Taf. XIII. Fig. 2 c.
12) Ophthalmic hospital reports. 1864. Bd. IV. S. 244.
13) Arch. f. microsc. Anat. 1867. Bd. III. S. 220.
14) Gewebelehre 1867. S. 688.
15) Zeitschr. f. wissensch. Zoologie 1856. Bd. VIII. S. 8, 27, 36, 49.

Substanz (des Aussengliedes) häufig durch die Querlinie mit abgetrennt sei.
— In ganz frischem Zustande aber sei der Uebergang des dunkelrandigen
Stäbchens in den blassen Faden (das Innenglied) ganz allmälig.« Dieselben
Verhältnisse fand H. Müller beim Frosch, sowie bei der Taube und zog aus
seinen Beobachtungen bekanntlich (zunächst für den Menschen) den Schluss,
»dass in vollkommen frischem Zustand keine sichtbaren Charaktere der frag-
lichen Verschiedenheit (zwischen Innen- und Aussengliedern existiren,« welche
Behauptung H. Müller[1] auch später noch sehr energisch aufrecht erhielt.

An den Aussengliedern der Zapfen beobachtete M. Schultze dieselbe
Zusammensetzung aus Plättchen, wie sie die Stäbchen zeigen. In den Innen-
gliedern zeigten sich mitunter Bündel von Fasern, die ohne Zweifel durch die
Präparationsmethode erzeugte Kunstproducte gewesen sind. Den ellipsoidi-
schen Körper, welchen W. Krause[2] aus den Innengliedern von Zapfen des
Huhnes beschrieben und mit einer in der Axe des Innengliedes verlaufenden
Faser im Zusammenhang gesehen hatte, bestätigte Schultze beim Huhn,
beim Frosch, Triton, Emys europaea in frischem Zustande, und auch in den
Innengliedern der Zapfen von Macacus cynomolgus war derselbe nach An-
wendung von Salpetersäure zu erkennen.

---

1) Würzb. naturwissensch. Zeitschr. 1862. Bd. III. S. 27, Anm.

2) Anatom. Untersuchungen 1861. Taf. II, Fig. 5 u. 6. s. Archiv f. Anat. u. Physiologie
1867. S. 648.

# II. Anatomisches.

Die Bedeutung der ellipsoidischen Körper, welche, wie erwähnt, in den Stäbchen und Zapfen vorkommen, konnte nicht erörtert werden, ohne die Vorfrage zu beantworten, ob die Stäbchen und Zapfen in anatomischem Zusammenhang mit den Fasern des N. opticus stehen. Wie ein rother Faden schlingt sich durch alle Bemühungen um den Bau der Retina das Bestreben der Anatomen, diesen Zusammenhang aufzufinden. Vorahnend wurde seit der Wieder-Entdeckung der Stäbchen durch Treviranus (1835) — bekanntlich hatte Leeuwenhoeck (1722) die Stäbchen des Frosches zuerst gesehen — die Frage nach diesem Zusammenhang bejaht. Später wurden dafür, wie es schien, immer festere Grundlagen geliefert. Zuerst glaubten H. Müller und Kölliker den directen Nachweis geführt zu haben. Dann erklärte Henle die von ihm sogenannte äussere Faserschicht für nervös, und M. Schultze, der früher (1861) die Zapfenfasern am gelben Fleck für eine eminent bindegewebige Schicht hielt, glaubte nun, dieselben Fasern (die äussere Faserschicht) als Nervenfasern ansprechen zu müssen, und sah von den kegelförmigen Anschwellungen der Zapfenfasern an der sogen. Zwischenkörnerschicht feine Fortsetzungen in die letztere eintreten. Seit vollends Kölliker in seinem bekannten Schema den Zusammenhang der Stäbchenfasern, die nach M. Schultze in spindelförmigen Verdickungen an der sogen. Zwischenkörnerschicht aufhören sollten, mit den Opticusfasern in grösster Klarheit vor Augen führte — seitdem zweifelte wohl Niemand mehr an der nervösen Natur der Stäbchen und Zapfen. Die weitere Untersuchung musste in anatomischer Hinsicht darauf ausgehen, die Fortsetzungen der Zapfenfasern und Stäbchenfasern nach der inneren Körnerschicht hin zu verfolgen. Es erschien dabei gerathen, die Retina einmal auf Flächenschnitten zu untersuchen, nachdem die früheren Beobachter sich mit senkrechten Durchschnitten oder auch zerzupften Bruchstücken begnügt hatten. Da die ganze Membran in Maximo 0,4 Mm. Dicke hat, so wurden feinere Hülfsmittel der Technik nothwendig. Nach F. P. du Petit[1] hat man mehrfach die frischen Bulbi gefrieren lassen, aber ein derartiges Verfahren konnte für die

---

[1] Mém. de l'acad. d. sc. de Paris. 1723.

heutigen Anforderungen nicht mehr genügen. Es wurden daher die mit Reagentien behandelten Augen durch Kältemischungen in Eis verwandelt. Nähere Angaben über die Untersuchungsmethoden findet man weiter unten in einem besonderen Capitel.

Es ergab sich nun unerwarteter Weise, dass die kegelförmigen Anschwellungen der Zapfenfasern und die kolbenförmigen Verdickungen der Stäbchenfasern in Zellen übergehen, die einer gefensterten Membran angehören. Bei der einschneidenden Wichtigkeit, welche die betreffende Membrana fenestrata für die Auffassung der gesammten Retina–Architectonik besitzt, erscheint es unumgänglich, diese Membran zuerst abzuhandeln, und dann nicht in der gewöhnlichen Reihenfolge, sondern mit Rücksicht auf den physiologischen Zusammenhang der Dinge dasjenige anzuschliessen, was sich über den Bau der übrigen Retina–Schichten ermitteln liess.

Den näheren Auseinandersetzungen soll hier zunächst die befolgte Eintheilung der Retina von aussen nach innen fortschreitend voraufgeschickt werden, worüber auch die beigefügte schematische Abbildung (T. II, Fig. 24) zu vergleichen ist:

**Aeusseres Blatt:** Pigmentschicht.

**Inneres Blatt:** Stäbchenschicht $\begin{cases} \text{Stäbchen} \\ \text{Zapfen} \\ \text{Nadeln} \end{cases}$ $\begin{cases} \text{Aussenglieder} \\ \text{Innenglieder} \end{cases}$ $\begin{cases} \text{Ellipsoide} \\ \text{Axenfaser.} \end{cases}$

*Membrana limitans externa.*

Aeussere Körnerschicht $\begin{cases} \text{Stäbchenkörner,} \\ \text{Zapfenkörner.} \end{cases}$

Zapfenfaserschicht $\begin{cases} \text{Zapfenfasern — Zapfenkegel,} \\ \text{Stäbchenfasern — Stäbchenkegel.} \end{cases}$

*Membrana fenestrata.*

Innere Körnerschicht $\begin{cases} \text{Membrana perforata bei Fischen} \\ \text{äusserste Lage} \\ \text{mittlere Lage} \\ \text{innerste Lage} \\ \text{Kerne der Radialfasern} \end{cases}$ Radialfasern.

Granulirte Schicht $\begin{cases} \text{Radialfasern,} \\ \text{Ausläufer der Ganglienzellen,} \end{cases}$

Ganglienzellenschicht $\begin{cases} \text{Radialfasern,} \end{cases}$

Opticusfibrillenschicht $\begin{cases} \text{Radialfasern.} \end{cases}$

*Membrana limitans interna.*

Membrana hyaloidea (des Glaskörpers).

## I. Membrana fenestrata.

Macht man Flächenschnitte der Retina an gefrorenen Augen, die vorher in verdünnten Chromsäure–Lösungen oder in Kali bichromicum gehärtet worden waren, so bekommt man zunächst Flächen-Ansichten der Membrana limitans externa. Solche Flächen-Ansichten waren, wie es scheint, bisher von Niemandem [1] erhalten worden. Man sieht an denselben ein feines Maschenwerk, entsprechend dem Mosaik der Stäbchen und Zapfen, aber die Membran ist natürlicher Weise höchst durchsichtig (Taf. I, Fig. 4), nachdem sie von den Stäbchen und Zapfen befreit worden ist. Grössere Lücken bezeichnen die Stellen, an welchen sich Zapfen befunden hatten. Die von H. Müller [2] vertretene Ansicht, dass die von Remak [3] und Max Schultze als Membran angesprochene Limitans externa nicht wie eine solche aufzufassen sei, ist jedenfalls als beseitigt anzusehen. An den Rändern von den geschilderten Flächen-Ansichten der Membrana limitans externa sieht man kleine spitze Nadeln hervorragen (Taf. I, Fig. 4 u. 5), welche mit den Fäden des Maschenwerks continuirlich zusammenhängen. Dieselben Nadeln findet man auf senkrechten Durchschnitten an Präparaten mit Kali bichromicum oder Osmiumsäure (Taf. I, Fig. 7). Sie liegen in den Zwischenräumen der Stäbchen und Zapfen, so dass zwischen je zwei Stäbchen, resp. zwischen je einem Stäbchen und einem Zapfen eine solche Nadel sitzt. Dass es keine Gerinnungsproducte sind, beweist der Umstand, dass sie sich in verdünnter Osmiumsäure erhalten. Aehnliche, aber vielleicht anders zu deutende Nadeln sind an der wahrscheinlich analogen Stelle von Sepia und Eledone [4] bereits beobachtet, ebenso beim Huhn [5]. Beim letzteren Thier wurden sie jedoch für abgerissene Stücke der Pigmentscheiden gehalten, welche sich von den Zellen des Retinal-Pigments zwischen die Aussenglieder einsenken. Letztere Darstellung ist aus zwei Gründen falsch. Erstens hängen die Nadeln durch eine wenig breitere Basis mit der Membrana limitans externa, resp. mit den Fäden des Maschennetzes, aus welchem sie gebildet ist, zusammen; zweitens haben sämmtliche Nadeln dieselbe constante Länge — von 0,004—0,006 Mm. auf 0,0008 Mm. Dicke der Basis an Osmiumsäure-Präparaten vom Schaf und in Kali bichromicum beim Kaninchen — sie können also nicht abgerissene Fetzen der Pigmentscheiden sein. Die Nadeln sind vielmehr ein drittes bei den höheren Wirbelthieren constant vorhandenes Element der Stäbchen- und Zapfenschicht. In anatomischer Hinsicht füllen sie die Lücken aus, welche zwischen den ein wenig bauchigen Innengliedern der Stäbchen und Zapfen bleiben. Nach der Entwicklungsgeschichte aber stellen sie eine kleinste Sorte von Stäbchen resp. Zapfen dar, insofern sie eine Cuticularbildung sind, wie die Stäbchen und Zapfen, was von den letzteren beiden unten noch ausführlich gezeigt werden wird.

Die Membrana limitans externa ist nach dem Gesagten auf Flächenschnitten

---


1) Arch. f. microsc. Anat. 1866. Bd. II, S. 265.

2) Würzb. naturwiss. Zeitschr. 1862. Bd. III, S. 30.

3) Kölliker, Microscop. Anatomie. 1856. Bd. II, 2, S. 682. Würzb. naturw. Zeitschr. a. a. O.

4) Zeitschr. f. wissensch. Zoologie. 1865. Bd. XV. Taf. XV, Fig. 39 u. 42.

5) Arch. f. microscop. Anat. 1866. Bd. II, S. 284. Taf. XI, Fig. 13.

der Retina leicht zu erkennen; die Flächenansicht der Membrana limitans interna ist seit Kölliker und H. Müller bekannt. Ganz anders erscheint eine merkwürdige Membran, welche zwischen äusserer und innerer Körnerschicht liegt. Sie ist von mir Membrana fenestrata[1]) der Retina genannt worden. Man sieht eine sehr durchsichtige, fein granulirte Membran, welche in ziemlich regelmässigen Abständen von Lücken durchbrochen, also gefenstert ist. Die Lücken sind rundlich oder oval; sie haben beim Menschen 0,0038 bis 0,0057 Mm. Durchmesser. Die Membrana fenestrata ist aus Zellen zusammengesetzt. Letztere sind gross, beim Menschen ca. 0,012 Mm. lang und breit, unregelmässig, multipolar, mit längeren und kürzeren, auch verästelten Ausläufern versehen. Durch Verschmelzung dieser Zellen entsteht die geschilderte Membran. Die Ausläufer der Zellen verbinden sich zum Theil direct untereinander, zum Theil ragt ein Ausläufer der einen Zelle zwischen zwei Ausläufer der benachbarten Zelle hinein. Entweder wird auf diese Art der Zwischenraum zwischen zwei Ausläufern derselben Zelle ganz ausgefüllt oder es bleiben Lücken zwischen denselben. Auch die Zellen selbst können Lücken enthalten (Taf. I, Fig. 1 *A*, Fig. 16 u. 18). Die Grenzen der einzelnen Zellen erscheinen auf der Flächenansicht der Membran als zarte Linien (Taf. I, Fig. 2). Die Zellen sind leicht zu isoliren und enthalten Kerne (Taf. I, Fig. 1, *B, C*), die man am besten beim Kalbe sieht; letztere sind abgeplattet oval, an Chromsäure-Präparaten granulirt, von 0,0045—0,0051 Mm. Durchmesser. An ihrem körnigen Inhalt sind sie leicht von den ganz durchsichtigen Löchern der Membran zu unterscheiden.

Die Membrana fenestrata ist bei allen Wirbelthieren constant vorhanden. Untersucht wurden von den Säugern: Mensch, Affe (Cercopithecus sabaeus), Katze, Hund, Hyaena striata, Mustela putorius, Igel, Kaninchen, Schaf, Rind; von Vögeln: Falco buteo, Strix noctua, Astur palumbarius, Huhn; von Amphibien: Lacerta agilis, Salamandra maculata, Frosch; von Fischen: Hecht, Aal, Carpio carpio und carassius. Die Verhältnisse sind überall wesentlich dieselben. Die Zellen sind sehr resistent und erhalten sich nicht nur lange nach dem Tode unversehrt, sondern auch in den verschiedensten Reagentien und Concentrationen derselben, namentlich in Augen, die in 3procentiger Essigsäure aufbewahrt wurden. Auf den verticalen Durchschnitten erscheint bei dieser von mir schon vor langer Zeit angerühmten Untersuchungsmethode[2]) in der Vogel-Retina eine glänzende Linie anstatt einer granulirten Zwischenkörnerschicht, die aus den Zapfenkegeln und dem Querschnitt der Membrana fenestrata zusammengesetzt ist. Auch nach Uebersättigung des microscopischen Präparates mit Natronlauge bleiben die Zellen resistent; ebenso in Chromsäure, Kali bichromicum, Oxalsäure, verdünnter Schwefelsäure, Osmiumsäure, Kali carbonicum, Chlorcalcium mit Ammoniak, arsenigsaurem Natron etc.

Was die Dimensionen der Zellen anlangt, so fand sich beim Menschen

---

1) W. Krause, Göttinger Nachrichten Nr. 7, 19. Febr. 1868.
2) W. Krause, Anatomische Untersuchungen. 1861. S. 64.

(Osmiumsäure) die Länge resp. Breite 0,0114—0,0154 Mm. bei Cercopithecus
sabaeus (Osmiumsäure) 0,019; beim Kalbe (Chromsäure von 0,03 pCt.) 0,0284
bis 0,0189; beim Kaninchen (Kali bichromicum) 0,006 Mm.

Die Zellen der Membrana fenestrata sind ausserdem platt. Sie haben nur
ca. 0,0015 Mm. Durchmesser (Taf. I, Fig. 1 C), wenn man die reine Profil-
Ansicht von denselben oder der Membran selber (Taf. I, Fig. 15) zu sehen bekommt. Diese Uebereinstimmung zeigt sofort, dass die genannte Membran nur
aus einer einzigen Lage von Zellen besteht. Bemerkt muss werden, dass reine
Profil-Ansichten selten sind. Oder vielmehr, dass es schwer ist, solche mit
Sicherheit zu erkennen, wenn man sie vor sich hat, was natürlich auf Querschnitten nur an ihrer anatomischen Lage zwischen äusserer und innerer Körnerschicht möglich ist. Die Sache ist genau wie bei den motorischen Endplatten der quergestreiften Muskelfasern. Wenn man es erst weiss, dass es
sich um platte Gebilde handelt, so ist die Sache ausserordentlich einfach. Die
zahlreichen Abbildungen, welche Querschnitte der Retina darstellen (T. I,
Fig. 3, Fig. 8, Fig. 11, Fig. 12, Fig. 13, Fig. 14, Fig. 20; Taf. II Fig. 22, Fig.
29, Fig. 34, Fig. 41) und zugleich die Zellen der Membrana fenestrata zeigen,
sind vollständig naturgetreu. In allen diesen Figuren, welche die Verhältnisse
so darstellen, wie man sie gewöhnlich sieht, sind die Zellen theils von der
Fläche, theils in mehr oder weniger vollständiger Profil-Ansicht sichtbar. Die
reine Profil-Ansicht (Taf. I, Fig. 15) ist nur einmal dargestellt. Messungen
aber wurden an Chromsäure-Präparaten in grosser Anzahl und bei verschiedenen Säugern vorgenommen, sie gaben stets dasselbe Resultat. An der frischen Retina des Kaninchens erscheint auf Querschnitten die Membrana fenestrata als scharfe Linie von 0,002 Mm. Dicke. Achtet man dagegen nur auf die
Bilder, wie man sie gewöhnlich sieht, so kann man leicht verführt werden,
irrthümlich den fraglichen Zellen eine bedeutende Dicke zuzuschreiben, gerade wie es manchen Beobachtern mit den motorischen Endplatten gegangen
ist. Von letzteren waren in den ersten Abbildungen [1]) die Profilansichten auch
so dargestellt, wie man sie gewöhnlich sieht. Der Text gab richtig den sehr
geringen wahren Durchmesser der Endplatten an, welcher aus zahlreichen,
sorgfältigen Messungen erhalten war. Andere Beobachter aber, welche diese
unscheinbare Zahl übersahen und sich an die Abbildungen hielten, glaubten
die dünnen Endplatten für Hügel erklären zu dürfen. Um einem nahe liegenden analogen Missverständniss von vornherein vorzubeugen, musste diese
Auseinandersetzung hier eingeschaltet werden.

Die Zwischenkörnerschicht im bisherigen Sinne existirt also nicht, und
was man seit H. Müller für feinkörnige Masse oder netzförmiges, zum Theil
flächenhaft faseriges Bindegewebe derselben gehalten hat, sind einerseits von
der Kante gesehene, leicht granulirte platte Zellen, andererseits die noch zu er-
örternden Ansätze der Stäbchenfasern gewesen, welche bei schwächeren Ver-

---

[1]) W. Krause, Zeitschr. f. ration. Medicin. 1863. Bd. XVIII. Taf. VI.

grösserungen punktförmig erscheinen. Die Zellen der Membrana fenestrata sind übrigens schon mehrfach gesehen worden und nur die richtige Deutung der microscopischen Profilansichten wird öfters vermisst.

Was zunächst die Fische anlangt, so liegt nach innen von der äusseren Körnerschicht eine Membrana fenestrata von derselben Beschaffenheit, wie bei den höheren Wirbelthieren. Sie besteht aus einer zusammenhängenden Lage von verschmolzenen Zellen, deren platte Körper kurze breite Ausläufer haben und Lücken zwischen sich lassen (Taf. II, Fig. 44 *mf*). Nach innen von dieser Membran folgt eine zweite Lage, aus anders beschaffenen Zellen bestehend, die ebenfalls eine zusammenhängende Membran bilden. Man kann diese nur bei Fischen vorkommende zweite oder innere Lage zum Unterschiede die Membrana perforata (Taf. II, Fig. 44 *mp*) nennen. Die Lücken derselben werden von den Radialfasern perforirt. Die Zellen der inneren Lage sind ebenfalls platt, aber in Kali bichromicum viel deutlicher granulirt und sämmtlich mit deutlichen Kernen versehen (Taf. II, Fig. 44). Der Hauptunterschied liegt jedoch darin, dass sie längere Fortsätze haben, so dass sie viel leichter als Zellen erkennbar sind, als diejenigen der eigentlichen Membrana fenestrata. Diese Beschreibung bezieht sich zunächst auf den Hecht, doch sind die Verhältnisse bei Carpio carpio und Carpio carassius ganz analog.

Vintschgau[1] hat multipolare Zellen aus dieser Gegend der Retina vom Karpfen abgebildet, über ihre Lage jedoch eine unklare Angabe gemacht; auch Leydig[2] scheint sie beim Stör gesehen zu haben. H. Müller[3] beschrieb bei Acerina cernua die beiden Zellenlagen, wie sie eben geschildert wurden und fand analoge Verhältnisse auch bei Cyprinus barbus und Leuciscus, bei Rochen und Haien, sowie bei Petromyzon.

M. Schultze[4] bildete die granulirten Zellen der Membrana perforata von Raja clavata ab und wählte für dieselben die Bezeichnung als »Stratum intergranulosum fenestratum«. Die eigentliche Membrana fenestrata oder die äussere Zellenlage von H. Müller aber vermochte Schultze nicht als Zellen zu erkennen; er hielt diese Schicht für scheinbar fein granulirtes Bindegewebe. Die Zellen der Membrana perforata sollen nach demselben Beobachter mit Radialfasern zusammenhängen. So leicht man sich von dem Zusammenhang mit radiär verlaufenden Fasern überzeugen kann, so ist es doch schwierig, mit Sicherheit darzuthun, dass dies wirklich jene bindegewebigen Radialfasern sind, welche sich nach innen an die Membrana limitans interna ansetzen, welche Schwierigkeit auch in der citirten Figur deutlich genug ausgesprochen ist.

Die Verhältnisse waren dieselben beim Hecht, bei den Cyprinoiden und Plagiostomen.

---

1) Berichte der k. k. Ak. d. Wissensch. zu Wien. 1853. Bd. XI. S. 943, Fig. 13.
2) Anat. histol. Unters. über Fische u. Reptilien. 1853. S. 9.
3) Zeitschr. für wissenschaftl. Zoologie. 1851. S. 234. 1856. Bd. VIII. S. 19. Taf. I, Fig. 9—11.
4) Observat. de retinae struct. penit. S. 13. Fig. 5 u. 6 *f*.

Bei höheren Wirbelthieren fehlt es ebenfalls nicht an Andeutungen über die Zellen der Membrana fenestrata. Bei der Schildkröte wurden sie von H. Müller[1] gesehen und von Steinlin[2] bestätigt. Beim Frosch beschrieben Manz[3] und bei Amphibien Hulke[4] die Zwischenkörnerschicht als aus Plexus von horizontalen Fasern gebildet und wenigstens in Manz's Abbildung sind die Fenster der zusammenhängenden platten Zellen unverkennbar. Die in den Lücken liegenden grossen rundlichen Körper gehören der inneren Körnerschicht an. Bei Vögeln fand Heinemann[5] kleine Zellen, beim Huhn sah auch Steinlin[6] Andeutungen von solchen in der sogen. Zwischenkörnerschicht. Vom Rinde hat Kölliker[7] die fraglichen Zellen beschrieben und Henle[8] hat sie einmal beim Menschen wahrgenommen. M. Schultze[9] endlich erwähnt das vereinzelte Vorkommen von Kernen in der Zwischenkörnerschicht, die nur den Zellen der Membrana fenestrata angehört haben können.

Nach Auffindung der Membrana fenestrata in allen Wirbelthierclassen schien es zunächst darauf anzukommen, das Verhältniss ihrer Lücken zu etwa durchtretenden Zapfen- oder Radialfasern festzustellen. Indessen lehrten sehr bald feine Querschnitte, die zum Theil an gefrornen Präparaten angefertigt wurden, diese Voraussetzung sei nicht stichhaltig. Mit Leichtigkeit ergab sich, dass die Radialfasern mit den Zellen der Membrana fenestrata zusammenhängen. Man sieht theils dickere Radialfasern sich gleichsam zu einer Platte entfalten (Taf. I, Fig. 13, Fig. 20, Taf. II, Fig. 22). Mitunter hängen jedoch dieselben durch feinere Ausläufer mit Ausläufern der multipolaren Zellen zusammen (Taf. I, Fig. 14). Stets endigen die Radialfasern in den betreffenden Zellen und niemals wird die gefensterte Membran von Ausläufern der ersteren durchbohrt. Alle diese Verhältnisse kehren in derselben Weise bei den untersuchten Wirbelthieren wieder. Am bequemsten gelingt der Nachweis beim Kaninchen nach Einlegen der Retina in Lösungen von arsenigsaurem Natron oder kohlensaurem Kali. Es lässt sich mit letzterem Reagens zeigen, dass diese Fasern beim Kaninchen, auch wenn sie isolirt sind, eine ganz constante Länge von ca. 0,085 Mm. haben. Oder man verwendet Chromsäure-Lösungen von 0,015—0,06 pCt. In Kali bichromicum sind die Ansätze der Radialfasern an die Membrana fenestrata ebenfalls leicht zu erkennen (Taf. I, Fig. 8, Fig. 12); die Fortsetzungen nach innen und den Ansatz an die Membrana limitans interna aber ermittelt man besser nach Anwendung der erstgenannten Reagentien, auch in verdünnter Osmiumsäure (Taf. I, Fig. 7).

---

1) Zeitschr. f. wissensch. Zoologie. 1856. Bd. VIII. S. 19.
2) Verhandl. der naturwiss. Gesellsch. zu St. Gallen 1865—1866. Sep.-Abdr. S. 45.
3) Zeitschr. f. ration. Medicin. 1860. Bd. X. S. 322. Taf. 8, Fig. 1 *d*.
4) London Ophtalmic hosp. reports 1864. Vol. IV. Pt. III, Fig. 2. Journal of anat. and physiol. 1867. Nr. 7. S. 94.
5) Arch. f. pathol. Anat. 1864. Bd. 30. S. 256.
6) Arch. f. microsc. Anat. 1868. Bd. IV. S. 19.
7) Gewebelehre. 1863. S. 673.      8) Eingeweidelehre. 1865. S. 667. Fig. 514.*
9) Arch. f. micr. Anat. 1866. Bd. II. S. 268.

Die Lücken der Membrana fenestrata sind nicht leer. In dieselben ragen die äussersten Körner der inneren Körnerschicht hinein. Dieselben unterscheiden sich von den übrigen auf eine Art, die unten genauer erörtert werden soll. Man sieht sie selten in den Lücken selbst (Taf. I, Fig. 9); gemeiniglich erscheinen sie an den Querschnitten in einer Reihe unterhalb der Durchschnittlinie der Membrana fenestrata (Taf. I, Fig. 10).

Das Verhalten der Zapfen- und Stäbchenfasern zu der Membrana fenestrata erschien schwieriger aufzuklären. Aus anderen Gründen waren die Untersuchungen am Falkenauge und der Macula lutea des Menschen begonnen worden, weil die Erforschung gerade dieser Stellen am meisten Licht auf die Endigung des N. opticus zu werfen versprach. Es ereignete sich nun, dass dieselben Stellen ganz vorzugsweise für die Ermittlung der fraglichen Verhältnisse der Membrana fenestrata geeignet sich herausstellten. Der folgerechten Beweisführung halber wird im Folgenden zunächst das Verhalten der Zapfenfasern zu der Membrana fenestrata an der Macula lutea des Menschen und Affen, dann in der übrigen Retina des Menschen, dann bei den Vögeln und Reptilien, dann bei den anderen Säugethieren, dann bei den Fischen erörtert. Weiter unten wird das Verhalten der Stäbchenfasern beim Frosch (dessen Zapfenfasern mit berücksichtigt werden), bei den Fischen, Vögeln und Säugern geschildert.

Am gelben Fleck des Menschen sind, wie man seit Henle weiss, nur Zapfen vorhanden. Die von denselben ausgehenden *Zapfenfasern* stellen breite abgeplattete Bänder dar, welche in sehr schräger Richtung zur Membrana fenestrata verlaufen. Sie streichen eine lange Strecke fast in der Ebene der Retina und bilden die horizontale Zapfenfaserschicht, wie sie nach ihrem Hauptbestandtheile genannt werden mag. Von der Fovea centralis an werden die Zapfenfasern (M. Schultze) nach der Peripherie hin immer länger; sie biegen an der Membrana fenestrata ziemlich plötzlich um und gehen in kegelförmige Körperchen (Henle) über, die schon H. Müller bei Fischen gesehen hat. Man kann sie Zapfenkegel nennen.

Ueber die Lage derselben besteht eine anscheinend schwierige Controverse. Henle[1]) verlegte sie an die äussere, M. Schultze an die innere Seite der Zapfenfaserschicht. Solche Differenzen über die Schichtungsverhältnisse sind bekanntlich in der Geschichte der Retina etwas Gewöhnliches. Die Sache ist aber sehr leicht zu entscheiden, sobald man viele menschliche Augen zur Verfügung hat. Die Zapfenkegel liegen an genau senkrechten Durchschnitten stets an der inneren Seite der Zapfenfasern, deren Ende sie bilden, — womit M. Schultze vollkommen im Recht ist — und unmittelbar an der Membrana fenestrata. An der äusseren Seite der Zapfenfaserschicht dagegen kommen in Wahrheit niemals kegelförmige Körperchen vor. Macht man jedoch an einer zufällig gefalteten Stelle der Retina senkrechte Längsschnitte durch die Falte, so projiciren sich die Zapfenkegel unter Umständen, welche von selbst einleuch-

---

1) Eingeweidelehre 1865. Fig. 515.

ten, an der äusseren Seite der Zapfenfasern. Solche Faltenbildung ereignet sich häufig an mit Wasserentziehung gehärteten Präparaten; sie bewirkt mannichfache und, wenn die Schnitte nur einen Theil der Retina enthalten, schwer zu erkennende Verschiebungen der Schichten. Dass die Faltenbildung aber übersehen werden kann, lehren unter Anderem die Querschnitte durch die Macula lutea, welche Blessig[1] und Kölliker[2] in früherer Zeit abbildeten, und die in Wahrheit Durchschnitte durch eine Plica centralis darstellen. Hierbei mag gleich noch bemerkt werden, dass unter der grossen Anzahl von mir untersuchter, eine Viertelstunde nach dem Tode in Kali bichromicum oder carbonicum gebrachter menschlicher Augen niemals eines benutzt wurde, welches mit einer Plica centralis erhärtet war. Ueber die Untersuchungsmethoden und die Beschaffung des Materiales s. unten.

Zwischen den schief verlaufenden Zapfenfasern der Zapfenfaserschicht sieht man nun niemals in senkrecht radiärer Richtung aufsteigende Fasern. Man mag beliebige Concentrationen von Chromsäure oder Osmiumsäure anwenden, oder Kali bichromicum gebrauchen — auch durch andere Reagentien, welche die Radialfasern der inneren Schichten auf's vortrefflichste darstellen, erhält man keine Spur von Radialfasern in der Zapfenfaserschicht. Die Schnitte mögen noch so dick, resp. bei Kali bichromicum durch Natronlauge durchsichtig gemacht sein, oder an gefrorenen Präparaten so fein erhalten werden, dass sie nur die Dicke eines einzigen Kornes der Körnerschichten haben — niemals zeigen sie auch nur eine Andeutung von Radialfasern. Macht man Querschnitte durch die Peripherie der Macula lutea, welche die von der Fovea centralis ausstrahlenden Zapfenfaserbündel rechtwinkelig schneiden (Taf. I, Fig. 12) — welche Schnitte Henle[3] und Hasse[4] missglückt zu sein scheinen — so sieht man zunächst nach innen vor den äusseren Körnern die Querschnitte der Zapfenfasern. Dieselben sind deutlich länglich–oval (Taf. I, Fig. 12 z f); die Fasern sind also abgeplattet, was auf dem Querschnitt mit Sicherheit festzustellen ist. Aus Torsionen dieser abgeplatteten Fasern erklären sich auch die Varicositäten, welche M. Schultze,[5] der die Abplattung nicht erkannt hatte, an demselben zuweilen beobachtet haben wollte. Man findet die Zapfenkegel mit ziemlich demselben Breitendurchmesser, wie sie sonst zeigen — dieselben sind folglich nicht abgeplattet — auch auf diesen Schnitten an der Membrana fenestrata, aber keine Spur von Radialfasern, die doch unter diesen Umständen ausserordentlich leicht sichtbar sein müssten. Statt dessen ergibt sich, dass die Zapfenkegel direct in die Membrana fenestrata übergehen.

Zu erwähnen ist, dass auch Hulke[6] am gelben Fleck des Menschen die

---


1) De retinae textura. Dorp. 1855. Fig. IV.
2) Microsc. Anat. 1856. Bd. II, 2, S. 685.
3) Eingeweidelehre 1865. S. 665.
4) Zeitschr. f. ration. Medicin. 1867. Bd. 29. S. 250.
5) Arch. f. microsc. Anat. 1866. Bd. II. S. 185.
6) Philos. transact. 1867. P. I. S. 113.

meisten Radialfasern an der Membrana fenestrata (sogen. Zwischenkörner-schicht) endigen sah, während H. Müller[1] in der Zapfenfaserschicht des Chamäleon rechtwinklig die letztere kreuzende Radialfasern abbildete. Da die Zapfenfasern im ganzen Augenhintergrund dieses Thieres horizontal verlaufen, so existiren hier möglicherweise besondere Stützfasern, welche von der Limitans externa zur Membrana fenestrata reichen. Es sind aber auch mehrfache Quellen der Täuschung vorhanden, wenn man sehr brüchige Chromsäureprä-parate untersucht, wie die H. Müller zur Verfügung stehenden seiner Angabe nach gewesen sind. Die Abbildungen lassen die betreffenden Fasern nur bis zur Zwischenkörnerschicht verfolgen, während ein Zusammenhang mit den Radialfasern der inneren Schichten nicht nachgewiesen ist. Es wird durch neue Untersuchungen festzustellen sein, ob ein Irrthum und welcher hier zu Grunde gelegen haben kann; jedenfalls hat H. Müller seine Resultate einer Nachprüfung an besser conservirten Augen für dringend bedürftig gehalten.

In der menschlichen Retina ist der Uebergang der Zapfenkegel in die Zellen der Membrana fenestrata in derselben Weise auch auf Querschnitten wahrzunehmen, welche einer beliebigen Stelle des Hintergrundes des Auges entnommen wurden. Da die Zapfenkegel beim Menschen sehr markirte Gebilde sind, so ist es nicht schwer, dieselben, sowie die Zapfenfasern in der Zapfen-faserschicht auch in der ganzen übrigen Ausdehnung der Netzhaut aufzufinden. In der That ist nämlich die Zapfenfaserschicht an allen Stellen der Retina vor-handen, und zwar nicht nur beim Menschen, sondern auch bei den Säuge-thieren und allen Wirbelthieren überhaupt. Anstatt der Ebene der Retina in ihrem Verlauf sich anzuschliessen, wie es bekanntlich in einem grossen Theile des Bulbus beim Chamäleon und ausserdem an der Macula lutea des Menschen und Affen der Fall ist, verlaufen die Zapfenfasern nebst den sich anschliessen-den Stäbchenfasern radiär, und bilden so in der That eine niemals fehlende »äussere Faserschicht«, wie sie Henle genannt hat. H. Müller[2] bezeichnete die letztere als faserige Zwischenkörnerschicht, M. Schultze[3] als »innere Abtheilung der äusseren Körnerschicht«, gegen welche Benennung nur einzu-wenden ist, dass diese sogen. Abtheilung der Körnerschicht niemals Körner enthält. Am verständlichsten scheint die Bezeichnung als »Zapfenfaser-schicht«, da sie vor Allem von den Zapfenfasern gebildet wird, während die Stäbchenfasern namentlich an der Macula lutea sehr zurücktreten. Seit H. Müller ist es bekannt, dass die Retina an stark gehärteten Präparaten sich sehr leicht gerade in der Gegend der Membrana fenestrata in eine äussere und eine innere Abtheilung spaltet. Die Erklärung für dieses oft besprochene Fac-tum ist jetzt sehr einfach aus dem Vorhandensein der letztgenannten Mem-

---

1) Würzb. naturwiss. Zeitschrift. 1862. Bd. III. Taf. II, Fig. 4 und 5. S. 10. S. 21. Anmerk.

2) Zeitschr. f. wiss. Zool. 1856. Bd. VIII. S. 54.

3) Arch. f. Anat. u. Physiol. 1861. S. 785.

bran zu entnehmen. Zu einer Trennung der äusseren und inneren Abtheilung im anatomischen Sinne oder durch eine specielle Nomenclatur scheint jedoch kein Anlass vorhanden zu sein, weil der Zusammenhang beider in Wahrheit ein continuirlicher ist. Die Membrana fenestrata folgt bei der betreffenden Spaltung entweder dem inneren oder dem äusseren Theile, was öfters auch an verschiedenen Stellen desselben Präparates vorkommt.

Man findet nun beim Menschen, wenn sich die Retina gespalten hat, die Zellen der Membrana fenestrata theils an der inneren Abtheilung anhängend und dann ist die oben geschilderte Verbindung derselben mit den Radialfasern, die von der Membrana limitans interna kommen, leicht zu beobachten. Oder die Zellen sitzen an dem äusseren Theile und in diesem Falle sind die Zapfenkegel in continuirlichem Zusammenhange mit den betreffenden Zellen. Wie sich das microscopische Bild ausnimmt, hängt von der zufälligen Lagerung der betreffenden Elemente ab. Bleiben die Zapfenfasern auf einem Querschnitt in ihrer Lage, während die Zelle ihre Fläche dem Beobachter zukehrt, so ist der Uebergang ein ganz directer (Taf. I, Fig. 8), und die Zapfenfaser erscheint als Ausläufer der gefensterten Zelle. Man könnte glauben, dass vielleicht die letzteren Zellen nichts anderes wären, als von der Fläche gesehene Zapfenkegel, und dass die Lücken der Membrana fenestrata in Wahrheit die concave ausgehöhlte Basis der Zapfenkegel selbst darstellten. Dem ist jedoch nicht so. Auf reinen Querschnitten sieht man die Zapfenkegel in relativ beträchtlicher Entfernung von den Querschnitten der gefensterten Zellen und der Zusammenhang findet durch Ausläufer statt, welche von den seitlichen Rändern der Zapfenkegelbasis ausgehen (Taf. I, Fig. 8, Fig. 9, Fig. 10, Fig. 12). Diese Ausläufer sind natürlich Verlängerungen des Kegelmantels und auf Ansichten, welche den Zapfenkegel und die gefensterte Zelle zugleich in der Flächenansicht zeigen, findet man den Zapfenkegel sich stets neben einer Lücke der Membrana fenestrata ansetzen. Die Sache ist also nicht etwa so, dass die Basis des Zapfenkegels auf einer solchen Lücke stände, wozu diese Basis auch viel zu klein wäre — sie hat beim Menschen am gelben Fleck circa 0,0038 Mm. Durchmesser, die Lücken dagegen haben wie gesagt bis 0,0057 Mm. — sondern die Zapfenkegel setzen sich direct in die Substanz der gefensterten Zellen fort. An reinen Flächenansichten erscheint der Ansatz des Zapfenkegels als ein solider Kreis. Bei Vögeln oder beim Frosch, wo die Zapfenkegel (resp. Stäbchenkegel) eine ebene, nicht nach dem Glaskörper hin concav ausgehöhlte Basis haben, verschmilzt diese Basis in ihrer ganzen Ausdehnung mit der betreffenden Stelle der Membrana fenestrata (Taf. II, Fig. 29, Fig. 34). An Osmiumsäure-Präparaten von Säugern faltet sich die concave ausgehöhlte Kegelbasis sehr leicht und die Falten sind es, die in situ für feine in die Zwischenkörnerschicht ausstrahlende Fasern imponiren können (Taf. I, Fig. 17), wofür M. S c h u l t z e das Bild genommen hat. Ist die Basis des Zapfenkegels von der gefensterten Zelle abgerissen, so erscheint erstere natürlich in der Profilansicht unregelmässig gefranzt, wobei es gleichgültig ist, ob sie in viele feine Fortsetzungen auszustrahlen scheint, wie es gewöhnlich der Fall ist, oder ob zufällig drei sich finden, was Hasse einige Male gesehen und mit der Young-Helmholtz'schen Farbentheorie in Verbindung zu bringen nicht unterlassen hat. Dagegen zeigen die Abbildungen von Henle unverletzte Zapfenkegel, deren Basis beim Menschen wie gesagt stets ausgeschweift ist und scheinbar nur zwei Fortsätze an der Peripherie aufweist, die natürlich Verlängerungen des Kegelmantels entsprechen (Taf. I, Fig. 8, Fig. 9, Fig. 10, Fig. 12, Fig. 16). Die beim Menschen geschilderten Verhältnisse kehren beim Affen in ganz derselben Weise wieder.

Der Darstellung des Verhaltens bei den übrigen Säugethieren soll jedoch dasjenige bei den Vögeln (und Reptilien) vorausgeschickt werden, weil aus gleich zu erwähnenden Gründen die Retina der letzteren bestimmte Erleichterungen für die Untersuchung gewährt. Die Zapfenkegel sind nämlich ebenfalls sehr deutlich und da die äussere Körnerschicht nur sehr wenige Reihen von solchen übereinander enthält, so ist es leicht, die Zapfenfasern durch die ganze Dicke der Retina zu verfolgen. Man findet auch hier mit Sicherheit fast in jedem Präparat den Zusammenhang der Zapfenkegel mit den Zellen der Membrana fenestrata (Taf. II, Fig. 34, 35), und es unterliegt keinem Zweifel, dass es vor Allem die Zapfenfasern sind, welche die Verbindung zwischen Membrana fenestrata und Membrana limitans externa herstellen. Die Verhältnisse sind bei allen untersuchten Vögeln dieselben. Was die Dimensionen anlangt, so beträgt die Distanz zwischen Limitans externa und Membrana fenestrata bei Falco buteo nur 0,03 Mm. Die Zapfenkegel haben an Essigsäure-Präparaten 0,0045 Mm. Höhe und an der Basis 0,0027 Mm. Durchmesser; bei Astur palumbarius zeigen die Lücken der Membrana fenestrata z. B. in Kali bichromicum 0,005 Durchmesser.

Unter den Reptilien ist es bei Lacerta agilis auch am frischen Präparat (unter Zusatz von wolframsaurem Ammoniak) möglich, die isolirten Zapfenfasern mit den granulirten Zellen der Membrana fenestrata in Verbindung zu sehen.

Bei den Säugethieren — mit Ausnahme des Menschen und Affen — ist die Verfolgung der Zapfenfasern schwieriger. Bekanntlich erreicht die äussere Körnerschicht einen viel bedeutenderen Durchmesser als bei den Vögeln, weil mehr Reihen von äusseren Körnern übereinander geschichtet sind (Taf. I, Fig. 13 und Taf. II, Fig. 34). Die Vermehrung der äusseren Körner ist abhängig von der relativ grösseren Anzahl der Stäbchen. Da letztere einen viel geringeren Durchmesser haben als die Zapfen und Stäbchen der Vögel, und wie diese stets mit einem einzigen Korne der äusseren Körnerschicht in Verbindung stehen, so muss die Zahl der Körner und damit die Dicke der genannten Schicht in jedem Abschnitt der Retina eine beträchtlichere werden. Die Zapfenfasern sind daher weit länger und desshalb schwieriger zu verfolgen. Dazu kommt ein etwas verschiedenes Verhalten der Zapfenkegel. Während dieselben beim Menschen und Affen höchst charakteristisch und ihr continuirlicher Zusammenhang mit den Zellen der Membrana fenestrata an der Macula

lutea in allen möglichen Reagentien leicht zu demonstriren ist, sind die Zapfenkegel bei den übrigen Säugethieren zwar auch constant vorhanden und bilden
die regelrechte Endigung der Zapfenfasern nach innen, aber die Kegel sind
niedriger und desshalb weniger leicht zu erkennen. Doch gelingt es mit pas-
senden Reagentien namentlich mit arsenigsaurem Natron beim Kaninchen oder
mit kohlensaurem Kali beim Rinde (Taf. I, Fig. 14) zunächst nachzuweisen,
dass die äussere Körnerschicht in regelmässigen Abständen von stärkeren radiären Fasern durchsetzt wird. Dieselben erstrecken sich bis in die
Nähe der Membrana limitans externa und sind nichts weiter als die Zapfenfasern, welche an Chromsäure-Präparaten (Taf. I, Fig. 19) zuweilen in directem Zusammenhang mit den Zapfenkörnern nachgewiesen werden können.
Diese Fasern gehen nun an Präparaten mit kohlensaurem Kali direct in die
Membrana fenestrata über, die an solchen Präparaten nach dem Aufquellen
derselben auch auf Querschnitten leicht als Membran erkannt werden kann
(Taf. I, Fig. 14). Durch die regelmässige Anordnung der Zapfenfasern kommt
die bekannte säulenförmige Richtung der äusseren Körner zu Stande, welche
auch an gekochten Präparaten hervortritt. Sie erinnert an die Richtung der
Knorpelzellen am Verknöcherungsrande. Somit sind für die übrigen Säugethiere die Nachweisungen in derselben Weise möglich, wenn auch etwas
schwieriger als beim Menschen und Affen, insofern man mit dem Kali bichromicum nicht ausreicht. Mit Osmiumsäure kann man wie beim Menschen die
Zapfenkegel in Zusammenhang mit den Zellen der Membrana fenestrata isoliren
(Taf. I, Fig. 17 u. 18).

Was die Fische anlangt, so ist beim Hecht (Taf. II, Fig. 41) wiederum
der betreffende Nachweis äussefst leicht, da die äussere Körnerschicht relativ
geringe Mächtigkeit hat und die Zapfenkegel bei Fischen charakteristisch hervortreten. Sie besitzen beim Hecht in Kali bichromicum 0,0076 Mm. Höhe,
während die Basis 0,0114 Durchmesser hat.

Die Verhältnisse der *Stäbchenfasern* zur Membrana fenestrata sind bei
niederen Wirbelthieren leicht zu ermitteln. Man sieht am deutlichsten beim
Frosch die Stäbchenfaser auf dem senkrechten Durchschnitt in ein kegelförmiges Körperchen übergehen, welches unmittelbar an der Membrana fenestrata ansitzt und Stäbchenkegel genannt werden mag. Die Zapfenkegel
liegen zwischen den Stäbchenkegeln, sind aber weniger markirt, da die Zapfenkörner in grösserer Entfernung von der Membrana limitans externa liegen, als
die Stäbchenkörner, und die Zapfenfasern wie bekannt bei diesem Thier ausserordentlich kurz sind. Die Zapfenkegel sitzen gleichsam direct an den Zapfenkörnern. Die Stäbchenkegel stehen nun beim Frosch in genau derselben Weise
mit den Zellen der Membrana fenestrata in Verbindung (Taf. II, Fig. 29), wie
es vorhin von den Zapfenkegeln der höheren Wirbelthiere geschildert wurde.

Bei den Fischen sind die Stäbchenkegel ebenfalls sehr deutlich (Taf. II,
Fig. 41); sie enthalten mitunter eine kleine Höhlung, die der concav ausge-
höhlten Zapfenkegelbasis beim Menschen analog sein dürfte.

Was die Vögel anlangt, so treten die Stäbchen derselben bekanntlich an Zahl mehr zurück; doch sind auch hier Stäbchenkegel vorhanden, welche sich gerade so verhalten wie die Zapfenkegel. Sie haben bei Astur palumbarius in Kali bichromicum 0,0021 Mm. Durchmesser.

Bei Säugern sind die Verhältnisse der Stäbchenfasern zur Membrana fenestrata schwieriger zu erforschen. In sehr verdünnten Chromsäure- oder Osmiumsäure-Lösungen werden sie bekanntlich varicös (Taf. I, Fig. 7, Fig. 13). Sie erscheinen dann als äusserst feine (bei der Katze von 0,0008 Mm. Dicke in 0,015procent. Chromsäure), gestreckte, leicht biegsame Fasern, in regelmässigen Abständen mit kleinsten rosenkranzähnlichen Anschwellungen versehen. Jede Faser ist an einer einzigen Stelle ihres Verlaufs irgendwo von einem Stäbchenkorn unterbrochen. Schon H. Müller[1] hat davor gewarnt, die Varicositäten-Bildung nicht für ein Kennzeichen von Nervenfasern zu halten. Es ist allerdings richtig, dass feinste Nervenfasern in Lösungen von bestimmten Concentrationen constant varicös werden, aber sehr viele andere Fasern werden es auch. Z. B. die Radialfasern des Kaninchens, die sich an die Membrana limitans interna ansetzen und unzweifelhaft keine Nervenfasern sind — in verdünnter Osmiumsäure. Der Glaube an die Sicherheit dieses vermeintlichen Criterium scheint schon anderweitig Irrthümer in der Lehre von den Nerven-Endigungen hervorgebracht zu haben, wie kürzlich[2] bei einer anderen Gelegenheit angedeutet wurde.

Benutzt man ein wenig stärkere Chromsäure- (0,03—0,06 pCt.) oder Osmiumsäure- oder Essigsäure-Lösungen, so vermindert sich der Gesammt-Dickendurchmesser der äusseren Körnerschicht ein wenig. Die Stäbchenfasern verschwinden nicht etwa, sondern erscheinen etwas glänzender, ganz glatt und verlaufen gebogen. Sie winden sich nach links und rechts zwischen den dicht zusammengedrängten Körnern hindurch und bilden auf diese Art ein Netzwerk, welches die äusseren Körner umspinnt, dessen Anastomosen aber nur optische sind. Man kann dieses Netzwerk an Präparaten mit kohlensaurem Kali nicht erkennen, weil die Contouren der aufgequollenen Stäbchenkörner zu stark lichtbrechend sind, während die dickeren Zapfenfasern unter diesen Umständen deutlich hervortreten (Taf. I, Fig. 14). Dagegen tritt in arsenigsaurem Natron auf der Flächenansicht der beiden Körnerschichten mitunter eine Aehnlichkeit mit den fälschlich sternförmig genannten Bindegewebskörperchen des Sehnenquerschnitts zu Tage. An isolirten Stäbchenkörnern sieht man in Chromsäure von 0,03 pCt. etc. die Fortsetzungen der abgebrochenen Stäbchenfasern als kurze fädige Anhänge, die schon Pacini[3] aus der frischen Retina bekannt waren. Auch unter diesen Umständen gelingt es noch, die Stäbchenfasern in Zusammenhang mit den Stäbchenkörnern auf längere Strecken

---

1) Zeitschr. f. wissensch. Zoologie. 1856. Bd. VIII. S. 104.
2) W. Krause, Anatomie des Kaninchens. 1868. S. 153.
3) Nuov Annal. d. Sc. Natur di Bologna. 1845. Ser. II. T. IV. S. 41.

zu isoliren und man überzeugt sich an senkrechten Querschnitten, sowohl an Chromsäure-, wie an Osmiumsäure-Präparaten, beim Kaninchen, dem Rinde, dem Hunde etc. (Taf. I, Fig. 7, Fig. 13, Fig. 19, Taf. II, Fig. 22), dass auch die Stäbchenfasern in continuirlichem Zusammenhange mit den Zellen der Membrana fenestrata stehen.

Am inneren Ende der Stäbchenfasern findet sich bei den Säugern constant eine kleine kolbenförmige, auch wohl spindelförmige Anschwellung (beim Menschen an Osmiumsäure-Präparaten von höchstens 0,002 Mm.), die den bei niederen Wirbelthieren beschriebenen Stäbchenkegeln analog ist und ebenfalls Stäbchenkegel genannt werden soll. Sie sieht einer grösseren Varicosität ähnlich, ist aber constant vorhanden (Taf. I, Fig. 7, Fig. 8, Fig. 13, Fig. 14, Fig. 20), und mittelst der Stäbchenkegel setzen sich die Stäbchenfasern an die Membrana fenestrata. Diese Stäbchenkegel bilden somit nicht das Ende der Stäbchenfasern, was M. Schultze »vorläufig« annahm; sie setzen sich auch nicht in Nervenfasern fort, wie Hasse, gestützt auf das spindelförmige Ansehen (Taf. I, Fig. 15 *bk*) einzelner Stäbchenkegel behauptete. Die Angaben beider Forscher sind, insofern verschiedene Fälle vorkommen, richtig: M. Schultze hat Recht mit der Behauptung, dass die Stäbchenfasern an der Zwischenkörnerschicht aufhören, Hasse mit dem Glauben an eine faserige Fortsetzung der Stäbchenkegel nach innen. Die Sache ist so, dass die Stäbchenkegel entweder direct an die Zellen der Membrana fenestrata sich ansetzen (Taf. I, Fig. 3, Fig. 14), oder dass sie mit einem Zellenausläufer in Verbindung stehen (Taf. I, Fig. 15). In letzterem Fall erscheint der Stäbchenkegel spindelförmig, indem eine feine kurze Faser nach innen zu daranhängt. Die Stäbchenkegel sehen bei schwächeren Vergrösserungen, wie gesagt, punktförmig aus; sie vorzüglich haben durch ihre grosse Anzahl bei Säugethieren die früher sogenannte Zwischenkörnerschicht in den Ruf gebracht körnig zu sein.

Bei Vögeln, Amphibien, Fischen ist die körnige Beschaffenheit unter schwächeren Vergrösserungen weniger deutlich, weil die Stäbchenkegel bei diesen Thieren zu gross sind (Taf. II, Fig. 29, Fig. 34, Fig. 44), um mit Körnchen verwechselt werden zu können. Indessen sind die Zellen der Membrana fenestrata selbst leicht granulirt. Bei sämmtlichen Wirbelthieren erscheinen sie in manchen Reagentien (namentlich in Säuren) körnig, in anderen (Alkalien und sehr verdünnten Säuren) nicht. Man würde daher ihre körnige Beschaffenheit nicht behaupten können, wenn sich dieselbe nicht auch am frischen, in Glaskörperflüssigkeit untersuchten Präparat nachweisen liesse. Diess ist unter starken Vergrösserungen z. B. bei Strix flammea auf dem senkrechten Retina-Durchschnitt der Fall. Auf Flächenansichten der Membrana fenestrata oder ihrer Zellen (Taf. I, Fig. 17) sieht man bei Säugern an Chromsäure-Präparaten die Stäbchenkegel von oben punktförmig über die anscheinend granulirte Zellensubstanz ausgestreut. Mit den Lücken der Membran stehen sie insofern in Beziehung, als sie sich ringsum am Rande derselben befestigen.

Wendet man noch stärkere Concentrationen von Chromsäure oder Os-

miumsäure an, so schrumpft die Retina und mit ihr die äussere Körnerschicht
bedeutender zusammen. Die Stäbchenfasern sind in den stärksten Lösungen
(Chromsäure von 0,1—0,2—0,6—1 pCt.) immer noch vorhanden, wie man bei
successiven, sehr allmälig abgestuften Uebergängen von den schwächsten Lösungen erkennt. Sie haben stärker ausgesprochene Knickungen erfahren, was
mit der Schrumpfung der Retina durch Wasserentziehung zusammenhängt,
und sind glasartig spröde. In Folge davon springen die Stäbchenkörner aus
ihrem Zusammenhange mit den Stäbchenfasern sehr leicht heraus und schwim-
men zu Tausenden als rundliche Körper ohne irgend eine ansitzende Faser in
der Flüssigkeit — wodurch wie es scheint Henle veranlasst wurde, die Stäbchenfasern in Abrede zu stellen. An Stellen, wo die Stäbchenkörner grösstentheils verloren gegangen sind und die übrig gebliebenen Stäbchenfasern sich
zu einem rauhen, verworrenen Netzwerk zusammengefilzt haben (Taf. I, Fig.
19), sieht es natürlich so aus, als ob dasselbe mit der Membrana limitans externa in unmittelbarem Zusammenhange stände, weil die Stäbchenfasern von
den inneren Schichten der äusseren Körner direct zu den Stäbchen-Innengliedern treten. Dieses Netzwerk der Stäbchenfasern in Zusammenhang mit
den stärkeren Zapfenfasern hat die Veranlassung zu der allgemein verbreiteten
Annahme gegeben, dass die Radialfasern die sogenannte Zwischenkörnerschicht
durchsetzten und sich an die Membrana limitans externa inserirten. Wäre die
Nachweisung der wahren Verhältnisse nicht beim Menschen (Taf. I, Fig. 8)
und beim Falken (Taf. II, Fig. 34) so ausserordentlich leicht und schlagend,
so würde es bei den Säugethieren kaum möglich gewesen sein, die Gründe des
verbreiteten Irrthums aufzudecken.

Die Sache ist also so, dass bei allen Wirbelthieren die Radialfasern von
der Membrana limitans interna kommen und sich an die Innenseite der Membrana fenestrata ansetzen, an welcher sie endigen (Taf. II, Fig. 21). An die
Aussenseite der Membrana fenestrata setzen sich die Zapfen- und Stäbchenfasern mittelst der Zapfenkegel und Stäbchenkegel. Die Zapfenfasern sind bei
den Säugern an Stärke den Stäbchenfasern so bedeutend überlegen, dass sie
es vorzüglich sind, welche eine feste Verbindung zwischen Membrana limitans
externa und Membrana fenestrata herstellen, obgleich jede Stäbchenfaser ebenfalls mit beiden Membranen in Verbindung steht. Irgend welche andere
Radialfasern, mit Ausnahme der Zapfen- und Stäbchenfasern
existiren in der äusseren Körnerschicht nirgends und bei keinem Wirbelthiere (vielleicht mit Ausnahme des Chamäleon).

Dieses unerwartete Resultat, welches mit dem sich Ansetzen der Zapfen-
und Stäbchenfasern an die Membrana fenestrata in nächster Beziehung steht, ist,
wie nochmals hervorgehoben werden soll, ganz leicht zu erweisen. Von dem
Ansatz der Radialfasern an die Membrana fenestrata war schon oben (S. 10) die
Rede und was die Zapfenfasern anlangt, so braucht man nur ein Vogelauge,
am besten vom Falken, in Kali bichromicum zu härten und in Kältemischungen
sehr feine Querschnitte anzufertigen, deren Dicke stets nur ein einziges Korn

enthalten soll, um die geschilderten Verhältnisse nachzuweisen. Noch mehr empfiehlt sich die Macula lutea des ebenso behandelten menschlichen Auges. Bei den Säugethieren thun Kali carbonicum und beim Kaninchen arsenigsaures Natron dieselben Dienste; in concentrirteren Osmiumsäure-Präparaten gelingt es, Zapfenfasern sammt einer zugehörigen Zelle der Membrana fenestrata zu isoliren. Da deren Zellen, wie unten bei den Untersuchungsmethoden erörtert werden wird, der Fäulniss widerstehen, so brauchen die zu untersuchenden menschlichen Augen nicht einmal ganz frisch zu sein.

Aus den gegebenen Nachweisungen lassen sich jefzt auch die bekannten Bilder richtig deuten, welche H. Müller früher erhalten hatte. Bisher figurirte überall die oft abgebildete Zeichnung [1] von einer Radialfaser, an welcher die äusseren Körner ansitzen, »wie Johannisbeeren an ihrem Stiel«. Diese aus Kölliker's neuester Auflage mit Recht verschwundene Figur erklärt sich jetzt durch die geschilderten Thatsachen vollständig. Gewöhnlich setzen nämlich Zapfenfasern und Radialfasern bei Säugern sich nicht genau einander gegenüber an die Aussen- und Innenseite der Membrana fenestrata (Taf. I, Fig. 16, Taf. II, Fig. 35, Fig. 41). Zuweilen jedoch geschieht es (Taf. I, Fig. 13) und dann kann das Isoliren einer längeren Faser so erfolgen, dass die Radialfaser und Zapfenfaser direct in einander überzugehen scheinen (Taf. II, Fig. 22 *m f*), während sie in Wahrheit durch ein Stückchen Zellenkörper aus der Membrana fenestrata unterbrochen sind. Oder es sah, als man diese Membran noch nicht kannte, so aus, als ob Radialfasern die anhängende, feingranulirte Masse der sogenannten Zwischenkörnerschicht durchsetzten. Für Bruchstücke der letzteren konnten die genannten Zellen leicht genommen werden.

Einige besondere Verhältnisse der Macula lutea und der Ora serrata des Menschen bedürfen noch einer Erwähnung. An der Macula lutea ist die Membrana fenestrata vorhanden, und die hier in der Ebene der Retina verlaufenden Zapfenfasern setzen sich, wie gesagt, mit den Zellen der Membran in Verbindung. In der Fovea centralis aber fehlt die Membrana fenestrata und sie erscheint erst am Rande derselben, wo sich Zapfenfasern umbiegen, um mit Zapfenkegeln zu endigen. Die am Rande der Fovea centralis gelegenen Zellen der Membrana fenestrata (Taf. I, Fig. 11) bieten nichts Besonderes dar.

Der eigenthümliche Verlauf der Zapfenfasern, welche am gelben Fleck eine liegende Faserschicht (Taf. I, Fig. 10) von beträchtlicher Dicke und Ausdehnung bilden, erklärt sich aus der Entwickelungsgeschichte. Man weiss, dass die Fovea centralis gleichsam einen Rest der fötalen Augenspalte darstellt. Um die letztere zu schliessen, müssen sich bei der relativ bedeutenden Dicke der Zapfen-Innenglieder die betreffenden Zapfenfasern so bedeutend verlängern,

---

1) Kölliker, Microscop. Anat. 1854. Bd. II. 2. S. 677. Fig. 404. Gewebelehre 1863. Fig. 364. 3.

wie es in der That der Fall ist. Das ungleiche Wachsthum verschiedener Theile des Bulbus und mithin der Retina während der Entwicklung wird am besten durch die Gestaltveränderungen des Augapfels noch nach der Geburt beim neugeborenen Kaninchen bewiesen. Am ersten Lebenstage hat der Bulbus die Gestalt eines querliegenden, an beiden Enden zugespitzten Ovoids von beispielsweise 10 Mm. Länge, 7,5 Mm. Breite und 8 Mm. Dicke. Beim erwachsenen Kaninchen betragen die Dimensionen [1] 16, 17, 18 Mm.

Nach vorn von den Ora serrata hört die Retina des Menschen bekanntlich mit einer Pars ciliaris auf, deren microscopischen Bau Kölliker [2] richtig geschildert hat. Weiter rückwärts von diesem dünneren Theile zeigt sich die Retina beträchtlich verdickt und von grösserem Durchmesser als in der ganzen Ausdehnung zwischen den Ora serrata und dem Aequator des Bulbus. An dieser dickeren Stelle beschrieben Blessig [3] und H. Müller [4] eine säulenartige Anordnung der Radialfasern, wodurch den Pfeilern eines Gewölbes vergleichbare Balken entstehen, mit Lücken zwischen denselben. Die Decke des Gewölbes gleichsam wird von den äusseren Schichten der Retina gebildet. H. Müller hielt diese Bildung für eine Leichenerscheinung; Henle [5] fand sie nicht constant und verlegte Blutgefässe in die geschilderten Pfeiler, was unbedingt für die pathologische Natur derselben sprechen würde, da in den äusseren Retinaschichten sonst niemals Blutgefässe vorkommen. Kölliker [6] »konnte sich nicht entschliessen, dieselben als normale Bildungen anzusehen«. Die Pfeiler sind aber weder eine Leichenerscheinung, noch eine pathologische Bildung, denn ich habe sie bei der grossen Anzahl menschlicher Augen, die mir, wie gesagt, eine Viertelstunde nach dem Tode zur Verfügung standen, stets in derselben Weise angetroffen. Auch in dieser Gegend ist die Membrana fenestrata vorhanden; sie liegt am inneren Ende der besprochenen Pfeiler und letztere zeigen sich zwischen der Membran und den äusseren Körnern eingeschaltet. Sie sind nichts anderes als eine eigenthümlich angeordnete Partie der Zapfenfaserschicht, die hier wiederum massenhaft auftritt, ähnlich wie am gelben Fleck, aber mit radiärer, nicht mit horizontaler Faserung. Natürlich handelt es sich bei der geringeren Anzahl von Zapfen in dieser Gegend auch um Stäbchenfasern, die wie die Zapfenfasern hier auf einer embryonalen Entwickelungsstufe zu verharren scheinen. Blutgefässe kommen in der Norm nicht in den Pfeilern vor, was sich nach der geschilderten anatomischen Lage von selbst versteht, und wenn sie sich zeigen sollten, so müssen es pathologische Neubildungen sein.

1) S. W. Krause, Anat. des Kaninchens. 1868. S. 128.
2) Gewebelehre 1867. Fig. 494.
3) De retinae structura. Dorpat. 1855. Fig. 3.
4) Zeitschr. f. wissensch. Zoologie. 1856. Bd. VIII. S. 71.
5) Eingeweidelehre. 1865. S. 669.
6) Gewebelehre. 1867. S. 689.

## 2. Stäbchen, Zapfen und äussere Körner.

### Stäbchen.

Die im historischen Theil dieser Abhandlung geschilderten Befunde von Längsstreifung und Querstreifung der Aussenglieder bei den Stäbchen niederer Wirbelthiere, namentlich des Frosches, widersprechen sich offenbar vollständig. Das Aussenglied wird als aus Plättchen zusammengesetzt angesehen und doch soll es eine (Ritter), drei (Hensen) oder mehrere (M. Schultze) Fasern enthalten.

Was zunächst die Ritter'schen Fasern anlangt, so haben bekanntlich Diejenigen, welche sie beschrieben, nicht einmal von den Innengliedern der Froschstäbchen Kunde gehabt. Freilich ist nichts leichter, als ähnliche Fäden nachzuweisen, wenn man die dafür geeigneten Chromsäure-Lösungen benutzt [1]. Aber die Verzerrung, welche die Aussenglieder unter diesen Umständen erleiden, ist eine so beträchtliche, ihre Abweichung von der Cylindergestalt eine so auffallende, dass Untersucher, welche die Chromsäure etc. nicht selbst anwendeten, wie Hensen, [2] zu der Vermuthung kommen konnten, die Abbildungen von Schiess seien schematische, während sie doch nur Bilder der unglaublich unzweckmässigen Untersuchungsmethode naturgetreu wiedergeben. In Wahrheit sieht man an derartigen Präparaten noch viel wunderbarere Dinge als Ritter'sche Fäden. Dasselbe gilt auch von den Osmiumsäure-Lösungen, die Hensen benutzte, und dadurch spindelförmige Anschwellungen der Aussenglieder hervorrief. Aus denselben Gründen ist es auch ganz unthunlich, nach Anwendung so eingreifender Reagentien die Existenz einer Hülle an den Stäbchen zu beweisen. Um zu verstehen, wie Ritter dazu kommen konnte, aus solchen Bildern die Existenz seiner Faser abzuleiten, muss man sich erinnern, dass damals gerade in den cylindrischen Endkolben der Säugethiere eine in deren Axe verlaufende Terminalfaser nachgewiesen war, wobei die Aehnlichkeit dieser Endkolben mit den aus Hülle, Mark und Axenfaser nach Ritter bestehenden Stäbchen eine überraschende sein würde. Man könnte dann die Stäbchenschicht als eine grosse Anzahl radiär gestellter, sehr kleiner Endkolben auffassen, wonach die Apparate für Lichtempfindungen nicht im Princip, sondern nur durch ihre Dimensionen, äussere Anordnung etc. von denjenigen verschieden sein würden, welche Tast- resp. Wärme-Empfindungen zu vermitteln haben. Aber für die Nachweisung des sogen. Ritter'schen Fadens als eines normalen Gebildes muss man doch allermindestens fordern, dass die Mittel, welche ihn sichtbar machen, die cylindrische Gestalt des Stäbchens nicht merklich ändern.

Diese Forderung schien erfüllt zu sein durch die Wahrnehmung eines centralen Punktes im optischen Querschnitt der frischen Stäbchen. In der

---

[1] W. Krause, Anatomische Untersuchungen. 1861. S. 59.
[2] Arch. f. pathol. Anat. 1867. Bd. 39. S. 485.

That ist es bei jedem Säugethier (z. B. Schwein, Kaninchen, Schaf, Kalb, Vespertilio murinus, Maus — Mensch), dessen Retina man frisch in Glaskörperflüssigkeit untersucht, ganz leicht bei Einstellung des Focus auf die äusseren Enden der Aussenglieder den von M. Schultze und Hensen beschriebenen centralen Punkt zu sehen. Vorausgesetzt wird, dass die Längsaxe der Stäbchen senkrecht auf die Ebene des Objecttisches orientirt ist. Liegt das Stäbchen etwas schief, so erhält man die von M. Schultze erwähnte Ansicht einer kurzen Linie. Zu diesen Beobachtungen reichen 300fache Vergrösserungen hin. Um über die Natur der geschilderten Erscheinung ins Klare zu kommen, ist es jedoch nothwendig, eine mindestens 600malige Vergrösserung einer guten Immersionslinse anzuwenden, so dass der Stäbchenquerschnitt als bequem messbare Scheibe erscheint. Benutzt man dann schiefe Beleuchtung, so findet sich, dass der angebliche Querschnitt einer centralen Ritter'schen Faser mit der Verschiebung des Spiegels innerhalb des scheibenförmigen Stäbchen-Querschnitts nach links oder rechts hin wandert, dem Spiegel folgend, weil das Microscop umkehrt (Taf. II, Fig. 39). Dieser vermeintliche Querschnitt des Ritter'schen Fadens nach Hensen, oder des zugespitzten inneren Endes des Innengliedes (M. Schultze) ist also nichts weiter als eine optische Erscheinung, ein Bild des Spiegels unter dem Microscop. Sie ist aber von Wichtigkeit, weil diese Erscheinung beweist, dass die Stäbchen für sich allein oder mit den übrigen Schichten der Retina deutliche Bilder äusserer Gegenstände auf die Choroidea zu werfen vermögen, was mit der Annahme einer katoptrischen Leistung derselben, einer Spiegelung, die wesentlich an der Pigmentschicht stattfindet, sehr gut übereinstimmt.

Was die Plättchen-Structur betrifft, so fanden M. Schultze und Zenker dieselben von 0,0005—0,00087 Mm. Dicke schwankend. Nach M. Schultze[1]) kommen Plättchen von noch geringerem Dickendurchmesser vor, und die Bestimmung der unteren Grenze für die Plättchendicke sei demnach unsicher. Die obere Grenze sei leichter zu messen, weil die Plättchen desselben Aussengliedes für gewöhnlich Variationen in der Dicke nicht unterworfen zu sein scheinen.

Die letztere Behauptung, auf welche für eine etwaige Berechnung des Ganges der Lichtstrahlen innerhalb der Aussenglieder Alles ankommen würde, ist leider nicht richtig. In Wahrheit kommen ausserordentlich schwankende Dickendurchmesser der angeblichen Plättchen vor, die z. B. beim Frosch das Doppelte und Dreifache der angegebenen Durchmesser betragen. Offenbar hat M. Schultze zufolge seiner Abbildungen in solchen häufig zu beobachtenden Fällen angenommen, dass es sich dann eben nicht um ein einziges Plättchen, sondern um eine Gruppe von zwei oder drei an einander liegenden handele. Aber wenn diese Deutung des microscopischen Bildes die richtige wäre, so müssten die Durchmesser der dickeren Plättchen offenbar einfache Multipla der Dicke

---

1) Arch. f. microsc. Anat. 1867. Bd. III. S. 228.

der primären einfachen Plättchen darstellen. Letzteres ist jedoch nicht im mindesten der Fall, sondern die Dicke schwankt in demselben Aussengliede in allen möglichen Zwischenstufen, was sehr leicht mit Zahlen belegt werden kann. Sonach ist also die Annahme einer constanten Dicke der Plättchen der Grundirrthum, mit dessen Nachweisung alle darauf gebauten physiologischen Folgerungen selbstverständlich in sich zusammenfallen.

Nach dem Dargelegten sind also die Aussenglieder der Stäbchen (und der Zapfen) einfache, homogene, wesentlich cylindrische Gebilde, ohne Hülle, ohne Längsstreifen, ohne Ritter'schen Faden, der nun wohl aus den anatomischen Darstellungen der Aussenglieder verschwinden dürfte, ohne Schultze'sche Plättchenstructur. Auch hier wie in so vielen anderen Fällen ist die Untersuchung am ganz frischen Präparat ohne Zusatz (ausser der mit der Stäbchensubstanz in endosmotischem Gleichgewicht befindlichen Glaskörperflüssigkeit des zugehörigen Auges) entscheidend. Wie Jeder weiss, verhalten sich unter diesen Umständen die Aussenglieder so, wie sie eben beschrieben wurden. Alle Angaben über einen complicirten Bau derselben stellen in Wahrheit nur Schilderungen der mannichfaltigen Veränderungen dar, welche sie durch Anwendung unpassender oder eingreifender Reagentien erleiden, wonach sich die anscheinenden Widersprüche leicht lösen. Worauf es im Einzelnen beruht, dass die Spaltung der Aussengliedersubstanz bald in der Querbald in der Längsrichtung überwiegend auftritt, ist eine an sich bedeutungslose Frage, sobald nur feststeht, dass diese Erscheinungen durch physicalische oder chemische Agentien, namentlich durch Endosmose, erst in der ursprünglich homogenen Substanz hervorgebracht werden. Die Stäbchenschicht gehört nun einmal zu denjenigen Objecten, deren Vergänglichkeit und Veränderlichkeit, wie M. Schultze irgendwo so schön sagt, schon manche Mühe zu Schanden gemacht hat.

Aus Gründen, die im physiologischen Theil dieser Abhandlung näher erörtert werden sollen, schien es wünschenswerth, eine erste Annäherung für den Werth des Brechungsindex der Aussenglieder zu erhalten. Offenbar kann man einen homogenen (cylindrischen) durchsichtigen Körper, wie ihn das Aussenglied darstellt, nur dann sehen, wenn die umgebende, eine chemische Einwirkung nicht ausübende Flüssigkeit entweder höheren oder niedrigeren Brechungsindex hat als Ersterer. Nun sieht man die Aussenglieder der Froschstäbchen sehr gut in Glaskörperflüssigkeit des Rindes, deren Brechungsindex bekanntlich etwa 1,35 [1]) (Wasser = 1,3358) beträgt. Bringt man die Stäbchen in die äussere Schicht der Krystalllinse vom Rinde oder Kalbe, indem man dieselbe auf den Objectträger ausbreitet, Retinasubstanz darauf bringt und dann mit Linsensubstanz bedeckt, so werden die Aussenglieder zwar blasser und weniger dunkelrandig, sie bleiben aber vollkommen deutlich (Taf. II, Fig.

---

1) W. Krause, die Brechungsindices der durchsichtigen Medien des menschlichen Auges. 1855.

10 *A*), auch in ihrer cylindrischen Form und ihren Dimensionen unverändert. Dasselbe Verhalten zeigt sich bei Anwendung der mittleren Schichten und des Kernes der Kalbslinse. Die äussere Schicht hat einen Brechungsindex von ungefähr 1,38—1,40, der Linsenkern von 1,44—1,45. Die Substanz der Aussenglieder der Froschstäbchen muss also einen höheren Brechungsindex haben als 1,45, sonst könnten sie unter diesen Umständen nicht sichtbar bleiben und dasselbe gilt auch von den Stäbchen des Kalbes, die sich ganz ähnlich verhalten. Durch Prüfung der Stäbchen mit den verschiedensten Linsenschichten überzeugt man sich sehr leicht, dass nicht etwa eine Schicht vorhanden ist, in der die Stäbchen ganz und gar oder doch beinahe verschwinden: sie werden continuirlich blasser, wenn man successive von aussen nach dem Kern hin die Linsensubstanz benutzt.

Legt man nun die Aussenglieder der Froschstäbchen in Olivenöl, dessen Brechungsindex = 1,47 zu setzen ist, so ändert sich das Aussehen der Stäbchen. Während sie in schwächer lichtbrechenden Flüssigkeiten nach innen von ihrer äusseren Contour dunkel schattirt erscheinen, analog microscopischem Fett, nur blasser, so zeigt sich in Olivenöl die dunkle Schattirung ausserhalb (Taf. II, Fig. 40 *B*) der Contour des Stäbchens, während die cylindrische Form sich nicht ändert. Da die Contour des Stäbchens einfach bleibt, so kann eine optisch wirksame dasselbe überziehende Wasserschicht nicht vorhanden sein. Man ist daher berechtigt, aus dem beschriebenen Verhalten den Schluss zu ziehen, dass der Brechungsindex der Aussenglieder von Froschstäbchen zwischen

$$1,45 - 1,47$$

liegen müsse und wahrscheinlich bleibt diese Grösse in der ganzen Thierreihe nahezu dieselbe.

Da die Oeltropfen der Zapfen bei den Vögeln in Olivenöl, mit dem sie sich nicht mischen, sichtbar sind, blasser, aber an der Innenseite ihrer äusseren Contour schattirt erscheinen, so ist anzunehmen, dass deren Brechungsindex höher als 1,47 und wahrscheinlich nicht unbeträchtlich höher anzusetzen ist. Dies gilt zunächst für Astur palumbarius und das Huhn.

Dass die Aussenglieder der Stäbchen doppeltbrechende Eigenschaften besitzen, ist durch Valentin[1] bekannt geworden und von M. Schultze bestätigt. Die Unterscheidung einer äusseren und inneren Abtheilung an den Stäbchen ist bei den Säugethieren zuerst von Lehmann[2] (beim Hunde), später von Braun[3] (beim Kaninchen) durchgeführt. Die von mir[4] beim Menschen aufgefundenen Differenzen von Innengliedern und Aussengliedern wurden durch Henle (1865) und M. Schultze (1866) nach eigenen Untersuchungen bestätigt.

---

1) Zeitschr. f. ration. Medicin. 1862. Bd. XIV. S. 133.
2) Experim. quaed. d. n. opt. diss. Dorp. 1857. S. 28.
3) Sitzungsber. d. k. Acad. d. Wissensch. Bd. XLII. S. 15.
4) Zeitschr. f. ration. Medicin. 1861. Bd. XI. S. 175.

Die Innenglieder der Stäbchen und Zapfen enthalten bei manchen Thieren an ihrem äusseren Ende den mehrfach erörterten ellipsoidischen Körper. Die Zapfen-Ellipsoide des Huhnes sind von den Stäbchen-Ellipsoiden in ihrer Beschaffenheit nicht verschieden; letztere sind etwas schmäler. Bei der Taube haben die frisch in verdünntem Glycerin untersuchten Zapfen-Ellipsoide 0,009 Mm. Länge, 0,004 Dicke, die Stäbchen-Ellipsoide 0,009 Länge auf 0,0031 Dicke. Beim Huhn und Frosch sind die ellipsoidischen Körper am ganz frischen Auge in Glaskörperflüssigkeit leicht zu sehen, wonach ihr Vorhandensein im Leben mit Grund nicht mehr bezweifelt werden kann.

Anders steht die Sache mit der Axenfaser im Innengliede. Man sieht sie am schönsten an Essigsäure-Präparaten und in directem Zusammenhange mit dem Zapfen-Ellipsoid (Taf. II, Fig. 26). Zuweilen ist die Faser von dem letzteren wie abgerissen und endigt dann mit einer leichten Verdickung. Man kann den Zusammenhang bei der Taube an der frischen, mit verdünntem Glycerin untersuchten Retina ebenfalls wahrnehmen; die Axenfaser hat 0,0006 Mm. Dicke. Beim Menschen beträgt ihr Durchmesser in den Stäbchen-Innengliedern an Essigsäure-Präparaten nur 0,0003 Mm. Obgleich die Axenfaser auch in Kali bichromicum und Osmiumsäure auftritt (s. Historisches S. 2), so ist es doch bisher noch Niemandem gelungen, sie an der frischen, mit Glaskörperflüssigkeit untersuchten Retina zu demonstriren.

So lange dies nicht geschehen ist, liegt die Sache genau so wie bei dem Axencylinder der doppeltcontourirten Nervenfasern. Unsere Kenntniss der physiologischen Bewegungen, die in der gereizten Nervenfaser vor sich gehen, sind mit der Annahme einer festen eiweissartigen Substanz, in welcher diese Bewegungen verlaufen würden, schlechthin unverträglich. Die anatomischen Gründe aber, welche für die Präexistenz des Axencylinders sprechen sollten, haben ihren Werth grösstentheils verloren. Denn an den peripherischen Endigungen der einfach sensiblen wie der motorischen Nerven, auch an den Theilungsstellen der doppeltcontourirten Fasern, existiren nirgends freie Axencylinder, sondern stets sind sie von einer dünnen Lage Nervenmark umhüllt. Dieses Verhalten ist an den Vater'schen Körperchen des Affen[1]) schon lange nachgewiesen, wie immer wieder hervorzuheben sein dürfte. Die zahlreichen Reagentien aber, welche Axencylinder vor Augen bringen, haben für die Frage nach der Präexistenz desselben selbstverständlich gar keinen Werth. Ob im Inneren der mit doppeltcontourirtem Mark gefüllten Nervenröhre sich ein fester Faden befindet, oder ob dieses constant zu beobachtende Gebilde ein Gerinnungsproduct ist, welches seine Form dem cylindrischen Rohre verdankt, in welchem es entsteht — diese Frage wird nicht eher im ersteren Sinne beantwortet sein, bis man die Axencylinder in der lebenden Nervenfaser beobachtet hat. Dass dafür aber keine Präparate benutzt werden können, die vom

---

1) W. Krause, die terminalen Körperchen. 1860. Taf. I, Fig. 8 u. 9.

Nerven eines lebenden Thieres genommen und mit angeblich indifferenten Zusatzflüssigkeiten untersucht werden, leuchtet wohl von selbst ein. Die abgeschnittenen Enden der betreffenden Nervenröhren, aus denen das Nervenmark herausquillt und an welchen man die Axencylinder hervorragen sieht, sind doch ganz sicher nicht mehr leistungsfähig.

Nach dieser Darlegung lässt sich also von den Axenfasern der Innenglieder wie von den Axencylindern nur aussagen, dass ihre Existenz im Leben möglich, Manchen vielleicht auch wahrscheinlich, aber zur Zeit noch nicht bewiesen sei. Vielleicht sind auch in der primitiven Nervenfaser noch feinere Structurverhältnisse verborgen, als die bisher angenommenen.

## *Zapfen.*

Es gibt in der Literatur viele Angaben, wonach diesem oder jenem Thier hier die Zapfen, dort die Stäbchen fehlen sollen. Die Sache ist von Wichtigkeit geworden, seit man die Zapfen mit den Farben-Empfindungen in Zusammenhang gebracht hat (s. unten). Es ist daher an der Zeit, die anatomischen Unterlagen der negirenden Behauptungen recht genau zu prüfen. Seit Hannover unterscheidet man als Stäbchen die schmäleren schlanken und als Zapfen die dickeren bauchigen Elemente der Stäbchenschicht. An dieser Unterscheidung ist durchaus festzuhalten; nur sind dabei nach unseren jetzigen Kenntnissen die Innenglieder massgebend. Trotz aller Verschiedenheiten in den absoluten Dimensionen bleibt bei den Stäbchen–Aussengliedern der verschiedensten Thiere das Verhältniss von Dicke zur Länge sehr nahe dasselbe, nämlich annähernd wie 1 : 10.

H. Müller[1] hatte angegeben, dass unter den beschuppten Amphibien manche keine Stäbchen, sondern nur Zapfen besitzen, was M. Schultze bestätigte. Da man nach der oben angeführten Definition von Stäbchen und Zapfen Grund hat, von Leydig's hiermit in Widerspruch stehenden Angaben abzusehen, was von mir[2] schon hervorgehoben wurde, so bleiben für die betreffenden Reptilien nur zwei Beobachtungen in der Literatur übrig, welche von mir[3] und von Hulke[4] herrühren. Meine damalige Bemerkung, dass die Innenglieder der Zapfen kernhaltig seien, bezieht sich auf einen eigenthümlichen, auch von M. Schultze gesehenen, nach dem inneren Ende des Zapfen–Innengliedes hin gelegenen Körper, der nicht mit den Zapfen–Ellipsoiden des äusseren Endes zu verwechseln ist. Da die Arbeit von Hulke schwer zugänglich zu sein scheint, so mag hier seine Originalmittheilung Platz finden :

---

1) Zeitschr. f. wissensch. Zoologie. 1856. Bd. VIII. S. 30.
2) Archiv f. Anat. u. Physiol. 1868. S. 645.
3) Zeitschr. f. ration. Medicin. 1863. Bd. XX. S. 7.
4) Ophthalmic hospital reports. 1864. Bd. IV. S. 256.

Anguis fragilis. Bacillary layer.

Rods. These are long, slender, flask-like objects.

Cones. These are more club-shaped, and stouter than the rods. The outer end of the conebody contains a pale green bead.

Hiernach ist offenbar die Unterscheidung von zweierlei verschieden geformten, schlankeren und dickeren, zugleich mit Oeltröpfchen versehenen Elementen, mithin von Stäbchen und Zapfen, bei Anguis fragilis durchgeführt.

Im Gegensatz zu den angeblich fehlenden Stäbchen bei den Reptilien sollen in anderen Augen die Zapfen fehlen. Dies haben Hannover[1]) und M. Schultze[2]) vom Aal behauptet. Indessen hat schon Nunneley[3]) die Zapfen des Aales nicht übersehen und seine Angaben sind im Wesentlichen zu bestätigen (Taf. II, Fig. 27). Die Dimensionen betragen an Präparaten mit Kali bichromicum in Mm.:

|           | Aussenglieder | | Innenglieder | |
|-----------|--------|--------|--------|--------|
|           | Länge. | Dicke. | Länge. | Dicke. |
| Stäbchen  | 0,0246 | 0,0021 | 0,0062 | 0,0016 |
| Zapfen    | 0,0072 | 0,0012 | 0,0076 | 0,0051 |

Am frischen Präparat erscheinen die Zapfen–Aussenglieder kürzer. Die Distanz zwischen je zwei Zapfen beträgt im Hintergrund des Auges ungefähr so viel wie die Dicke ihrer Innenglieder. Zwillingszapfen wurden in der Retina dieses Fisches bisher nicht bemerkt. Derselbe zeichnet sich übrigens vor allen Vögeln, Amphibien, Fischen so viel bis jetzt bekannt ist, dadurch aus, dass die inneren Retinaschichten incl. der inneren Körnerschicht zahlreiche Blutgefässe enthalten, wie auf senkrechten Durchschnitten der Retina sich herausstellt (Taf. II, Fig. 37). Wenn M. Schultze[4]) sie gefunden hätte, als sich dieser Beobachter bei Gelegenheit seiner Untersuchung der Aal–Retina in phylogenetische Speculationen verlor, so würde er vielleicht auch den Aal für einen sehr vornehmen »aristokratischen« Fisch erklärt haben.

Bei den Vögeln sollen nach M. Schultze[5]) »die Zapfen den Eulen fast vollständig fehlen«. Dass in der Eulen–Retina wesentlich nur hellgelbe Pigmentkugeln (keine rothen etc.) vorkommen, ist seit Michaelis[6]) bekannt, der dieselben Arten (Strix flammea, Strix passerina) untersuchte, wie M. Schultze und die colorirte Abbildung von Michaelis ist sogar in Bezug auf den Farbenton naturgetreuer, als die von Schultze, der sonst mit Michaelis über-

---


1) Arch. f. Anat. u. Physiol. 1840. S. 330.
2) Arch. f. microsc. Anat. 1867. Bd. III. S. 247.
3) Journ. of microsc. Sc. 1858. Vol. VI. Taf. XI, Fig. 17.
4) Arch. f. microsc. Anat. 1867. Bd. III, S. 238.
5) Arch. f. microsc. Anat. 1866. Bd. II, S. 256.
6) Arch. f. Anat. u. Physiol. 1837. S. XII. Nov. act. acad. Leop. Carol. 1842. T. XIX.
P. II. T. XXXV. Fig. 12.

einstimmt. Beiläufig bemerkt gab Michaelis an der citirten Stelle auch eine colorirte schematische Abbildung der Fovea centralis des Menschen, die den neuesten an Schönheit nahesteht. Doch ist die in der Abbildung den Zapfenfasern des gelben Flecks entsprechende Schichte für Nervenfasern angesehen worden. — Was nun die Angabe von M. Schultze betrifft, »dass die Zapfen bei den Eulen an Zahl zurücktreten,« so ist sie gänzlich falsch, wie sehr leicht gezeigt werden kann, wenn man das Mosaik der frischen Retina von aussen her betrachtet. Bei Falco buteo fanden sich in einem Gesichtsfeld von 0,3 Mm. Durchmesser 796 Oeltropfen, deren jeder einem Zapfen entspricht; bei Strix noctua in einem solchen von 0,25 Mm. Durchmesser 584. Dies ergibt auf ein Quadratmillimeter Netzhaut im Hintergrund des Auges beim Falken 11,261 Fetttropfen, bei der Eule 11,897. Letztere hat also jedenfalls nicht weniger Fetttropfen als der Falke, während die Uebereinstimmung beider Zahlen zugleich ein ausreichendes Zeugniss für die Untersuchungsmethode ablegt. Wenn M. Schultze bei dieser Gelegenheit sagt: »In der Dämmerung giebt es keine Farben. Was soll also die Eule mit den farbepercipirenden Elementen?« so ist dabei die Kühnheit der Schlussfolgerung zu bewundern. Weil wir in der Dämmerung keine Farben sehen, so sieht die Eule auch keine? Aber die Eule hat doch einen so entwickelten Lichtsinn, dass sie in der Dunkelheit Lichtdifferenzen unterscheidet, die für uns wie für die meisten Thiere nicht mehr wahrnehmbar sind — was beweist denn nun, dass sie nicht auch einen in demselben Grade feineren Farbensinn besitzt? Aus der Abwesenheit der Zapfen wenigstens kann dies nicht gefolgert werden, denn, wie schon gesagt, die Eule hat deren mindestens ebenso viel wie der Falke.

Unter den gezählten 584 Oeltropfen fanden sich vier orangerothe von 0,002 Mm. Durchmesser. Strix flammea besitzt zahlreichere und intensiver orange gefärbte unter den gelben Fettkugeln als Strix noctua; bei Strix aluco ist es umgekehrt. Beim Falken dagegen stellten sich die Verhältnisse so:

72 rothe,  
124 orange,  
32 blassblaue,  
568 gelbe und gelbgrüne.  
───────────  
796 in Summa.

Bei Lacerta agilis [1] hatte ich gefunden, dass drei Arten von farbigen Fetttropfen in den Zapfen dieses Thieres vorkommen, nämlich orangeroth, gelbgrünlich und blassblau. Wie überall sind die ersteren die grössten, die letzten die kleinsten. Es kommen nämlich in der Retina der Vögel ganz allgemein (Falco buteo, Astur palumbarius, Huhn) blaue Fetttropfen vor, die bisher für farblos gehalten wurden, weil ihre Farbe sehr blass ist. Ob die blassgrünen (pale green) Fetttropfen, welche Hulke bei Anguis fragilis und Schildkröten

---

[1] Zeitschr. f. ration. Medicin. 1863. Bd. XX. S. 7.

(Terrapene europaea, Chelonia mydas) fand, einen ähnlichen Farbenton haben, ist zweifelhaft. Durch Benutzung von über- und untercorrigirten Systemen eliminirt man die Fehler, welche z. B. aus unvollkommener Achromasie der Microscope hervorgehen könnten. Bemerkenswerth ist es, dass bei Falco buteo stets ein orangefarbiger Fetttropfen in unmittelbarer Nähe eines rubinrothen sitzt; beide sind dann von einem Kreise gelber oder gelblichgrüner umgeben, während die blassblauen sparsamer und unregelmässiger vertheilt sind.

Unter den Säugethieren sollen den nächtlichen Thieren nach Schultze die Zapfen fehlen. Dies war vor dem Bekanntwerden der Membrana fenestrata ganz plausibel. Nachdem sich aber herausgestellt hatte, dass die genannte Membran wegen der Feinheit der Stäbchenfasern wesentlich durch die Zapfenfasern in ihrer Lage erhalten und an die Membrana limitans externa befestigt werden muss, drängte sich die Frage auf, ob denn bei den nächtlichen Thieren auch die Zapfenfasern fehlen. Dies ist nun keineswegs der Fall, wofür als nächstes Beispiel das Kaninchen dienen mag, welches nach M. Schultze ebenfalls nur »Andeutungen von Zapfen« besitzen sollte. Bereits früher war von mir [1]) gezeigt, dass das Kaninchen sehr deutliche Zapfen hat, und in der That bieten die Aequatorgegenden der frischen Retina von aussen betrachtet ein regelmässiges Mosaik (Taf. II, Fig. 38) mit ebenso zahlreichen Zapfen dar, wie bei anderen Säugern. Im Hintergrunde des Auges wird die Untersuchung durch die Plexus doppeltcontourirter Nervenfasern etwas erschwert. Die Zapfen sind in frischem Zustande wie in Kali bichromicum birnförmig, 0,011 Mm. lang, wovon 0,004 auf das Aussenglied kommen. Letzteres ist 0,0009 Mm. dick, während das Innenglied 0,003—0,004 Mm. Querdurchmesser hat. Die Innenglieder der Stäbchen sind dagegen nur 0,002 Mm. dick auf 0,006—0,007 Länge; ihre Aussenglieder haben in frischem Zustande 0,023 Länge und 0,002 Dicke

Abgesehen vom Kaninchen stellte sich aber sehr bald heraus, dass auch bei anderen, sehr entschieden nächtlichen Thieren Zapfen vorkommen. Zwar hat M. Schultze vollkommen Recht mit der Angabe, dass bei der Betrachtung des frischen Mosaiks keine Zapfen wahrnehmbar sind. Benützt man aber eine Lösung von wolframsaurem Ammoniak, um die Retina ein wenig aufquellen zu machen, so rücken die Stäbchen mehr auseinander und die Zapfen treten z. B. auch im Hintergrund des Kaninchenauges hervor. Ferner kann man z. B. bei der Maus (Taf. II, Fig. 28) die Zapfen durch Kali bichromicum darstellen. Sie sind nicht rudimentär, sondern ihre Innenglieder stehen im gewöhnlichen Verhältniss zu denjenigen der Stäbchen, während bei Zapfen und Stäbchen die Aussenglieder sehr stark entwickelt sind. Bei der Maus beträgt in Mm.:

---

1) Anatomie des Kaninchens. 1868. S. 129.

|  | Aussenglieder | | Innenglieder | | Aeussere Körner | |
|---|---|---|---|---|---|---|
|  | Länge | Dicke | Länge | Dicke | Länge | Dicke |
| Stäbchen | 0,0189 | 0,0015 | 0,0038 | 0,0012 | 0,0045 | 0,0045 |
| Zapfen | 0,0114 | 0,0012 | 0,0038 | 0,0021 | 0,0076 | 0,0054 |

Beim Igel sind die Verhältnisse ähnlich wie bei der Katze. Die Innenglieder der Stäbchen und Zapfen zeigten in Kali bichromicum in wahrscheinlich etwas geschrumpftem Zustande 0,012—0,15 Mm. Länge; erstere haben ca. 0,0014 Dicke, die Zapfen 0,0032 an ihrer Basis. Die Zapfenkörner bieten mehrere Querstreifen dar, die Stäbchenkörner nur einen.

Auch Hyaena striata besitzt Zapfen, deren Innenglieder 0,014 Mm. Länge auf 0,003 Dicke haben, während diejenigen der Stäbchen 0,0014 Durchmesser aufweisen. Die Dicke der Zapfen erschien im frischen Zustande noch etwas grösser als in Osmiumsäure oder Kali bichromicum, worauf sich die angegebenen Zahlen beziehen. Bei Mustela putorius haben die Zapfen-Innenglieder 0,003 Mm. Dicke, die Aussenglieder 0,0009 Mm.

Nachdem also vom Iltis abgesehen für drei eminent nächtliche Thiere (Hyäne, Maus, Eule) und ferner für mehrere Thiere, bei denen M. Schultze keine Zapfen oder nur Spuren finden konnte (Aal, Maus, Kaninchen, Igel), die Existenz von solchen dargethan war, erschien es klar, dass M. Schultze nur durch eine ungenügende Untersuchungsmethode an der Auffindung der Zapfen gehindert worden sein dürfte. Wenn man bei einem Thiere in dem Stäbchen-Mosaik nicht ohne Weiteres Zapfen erkennt, so ist das offenbar nur eine Aufforderung mit besseren Hülfsmitteln nachzuforschen.

Jedenfalls musste nun aber doch irgend ein Grund vorhanden sein, weshalb gerade bei den nächtlichen Thieren die einfachste Untersuchungsmethode nicht ausreichen wollte. Der Grund davon liegt in der übermässigen Entwicklung der stark lichtbrechenden Aussenglieder bei den Nachtthieren, die sowohl diejenigen der Stäbchen wie der Zapfen betrifft. Es leuchtet von selbst ein, wenn man Fig. 28 auf Taf. II. betrachtet, was denn noch von den kleinen Zapfen-Innengliedern auf der Flächenansicht des Stäbchen-Mosaiks sichtbar werden wird! Ohne Zweifel sind sie gar nicht wahrnehmbar, wie es in der That die directe Beobachtung lehrt. M. Schultze hat die relativ colossale Entwicklung der Stäbchen-Aussenglieder bei den Nachtthieren ebenfalls bemerkt. Dass dies der einzige wesentliche Unterschied im Bau der Retina sei, ist ihm aber entgangen, weil er die Zapfen überhaupt vermisste, während sie doch ebenfalls relativ enorm grosse Aussenglieder besitzen (Taf. II, Fig. 28. z). Die Kenntniss von der Netzhaut wird bald so weit vorgeschritten sein, dass man aus der relativen Entwicklung der Aussenglieder im Vergleich zu den Innengliedern in mancher Hinsicht die Lebensweise eines Thieres wird bestimmen können.

Was die Dimensionen der Zapfen in der Fovea centralis des Menschen anlangt, so ist die Länge derselben incl. der Pigmentschicht von M. Schultze zu 0,118 Mm. angegeben worden. Diese Zahl hat jedoch gar keinen Sinn, da man nicht weiss, wie viel auf die Dicke der Pigmentzelle abgerechnet werden muss. Es mag desshalb erwähnt werden, dass nach mehreren übereinstimmenden Messungen an vollständig normalen und absolut frisch in Kali bichromicum gelegten Augen die Länge der Zapfen im Centrum der Fovea zu 0,076 Mm. gefunden wurde, wovon auf das Innenglied 0,023 kommen. Die Aussenglieder haben 0,0007—0,0008 Mm. Dicke.

Bei Cercopithecus sabaeus enthalten die Zapfen der Macula lutea an ihrem äusseren Ende den ellipsoidischen Körper (Taf. II, Fig. 25 C). Auch beim Menschen fällt an senkrechten Durchschnitten der Retina das starke Lichtbrechungsvermögen der betreffenden Stellen der Innenglieder auf.

### *Aeussere Körnerschicht.*

An der äusseren Körnerschicht soll die eigenthümliche Querstreifung, welche, wie man durch Henle weiss, für die Stäbchenkörner charakteristisch ist, nach mehrfachen Angaben den Zapfenkörnern fehlen.

Die Querstreifung der Stäbchenkörner kommt bei sämmtlichen Säugethieren am besten zur Anschauung, wenn man verdünnte Säuren anwendet. Essigsäure von 3%, Osmiumsäure etc. haben die Wirkung, sie ausserordentlich deutlich hervortreten zu machen (Taf. I, Fig. 7). In Chromsäure und Kali bichromicum (Taf. II, Fig. 28) sieht man manchmal Spuren davon. Stets sind eine stärker lichtbrechende und eine hellere schwächer lichtbrechende Substanz in Scheiben, die der Ebene der Retina parallel liegen, auf einander geschichtet. Daher erkennt man die Querstreifung nur an solchen Stäbchenkörnern, die genau in der Lage sich befinden, wie sie auf dem senkrechten Durchschnitt der Retina erscheinen. Liegen die Körner etwas schräg, oder werden sie in der Richtung senkrecht auf die Fläche der Retina betrachtet, so verschwindet die Querstreifung. Das innere dem Glaskörper zugekehrte Ende des Stäbchenkornes, sowie das äussere Ende wird stets von der stärker lichtbrechenden Substanz eingenommen. Zwischen beiden liegt entweder eine einzige Scheibe der schwächer lichtbrechenden Masse. Oder es sind zwei Streifen der letzteren vorhanden, die durch einen mittleren von stärker lichtbrechender Substanz gesondert werden. Im letzteren Fall sind also fünf Schichten vorhanden, und das Ansehen ist einigermassen den bekannten Nebelstreifen am Jupiters-Aequator vergleichbar. Beim Menschen sind die Streifen am deutlichsten in ganz frischem Zustande (Taf. I, Fig. 6). Die Anordnung ist überall in der Weise beschaffen, dass die mittleren Scheiben der stärker lichtbrechenden Substanz biconcav sind, die innerste und äusserste dagegen convex-concav. In Folge der geringeren Dicke der Scheiben im Centrum des Stäbchenkornes wird die Querstreifung am deutlichsten, wenn man bei starken Vergrösse-

rungen auf die Oberfläche des Kornes, nicht auf seine optische Halbirungs-
ebene den Focus einstellt.

Am frischen Stäbchenkorn, auch z. B. bei Hyaena striata sind die Verhältnisse ganz die nämlichen.

Dieselbe nur feinere Querstreifung ist nun auch an den Zapfenkörnern
vorhanden. Sie zeigt sich am deutlichsten an den Zapfen der Macula lutea
des Affen (Taf. II, Fig. 25 *A. B*) und in der Retina der Raubvögel, namentlich des Falken und der Eule (Taf. II, Fig. 36). Auch beim Huhn ist die Erscheinung an den so vielfach zu empfehlenden Essigsäure-Präparaten sichtbar
(Taf. II, Fig. 26), wenn eine mindestens 600fache Vergrösserung benutzt wird.
Wie bei den Stäbchenkörnern ist es nothwendig, dass die Ebenen der Scheiben möglichst genau in der Verlängerung der optischen Axe des Microscops
gelegen sind, wie es auf dem senkrechten Durchschnitt der Retina der Fall
ist. Die Abwechslung von stärker- und schwächer-lichtbrechender Substanz
geschieht aber an den Zapfenkörnern weit öfter als an den Stäbchenkörnern :
man beobachtet 5—6 Querstreifen. In dieser Hinsicht, wie in manchen anderen erscheinen also die Zapfen als die feiner organisirten Apparate, gegenüber
den Stäbchen. Auch hier ist es unumgänglich, den Focus auf die Oberfläche
des Zapfenkorns einzustellen, weil nach dem Inneren hin die Dicke der biconcaven Scheiben schnell abnimmt. In Maximo betrug sie bei den Zapfenkörnern
von Falco buteo an Essigsäure-Präparaten 0,001 Mm. Wie bei den Stäbchenkörnern scheint es die stärker-lichtbrechende Substanz zu sein, welche die
biconcaven Flächenkrümmungen besitzt.

Bei Astur palumbarius gelingt es an der frischen in Glaskörperflüssigkeit
untersuchten Retina ebenfalls, die geschilderte Anordnung zu constatiren.
Auch an den Stäbchenkörnern ist bei Falco buteo die Querstreifung in
derselben mehrfachen Weise vorhanden, wie an den Zapfenkörnern.

Ueber die *Entwicklung* der Stäbchenschicht besteht ebenfalls eine Controverse. M. Schultze hat geleugnet, dass neugeborene Katzen und Kaninchen
bereits Stäbchen besässen. Hensen[1] dagegen fand bei der neugeborenen
Katze eine fein gestrichelte Masse an der inneren Seite der Pigmentzellen, und
schloss aus seinen Beobachtungen, dass wenigstens die Aussenglieder der
Stäbchen aus den letztgenannten Zellen sich entwickelten. Steinlin[2] sah
an demselben Object die Membrana limitans externa wie mit einem Flimmer-
Epithelium bedeckt, stellt jedoch das Vorhandensein von Stäbchen und Zapfen
in Abrede.

Legt man das Auge eines neugeborenen Kaninchens z. B. zwei Stunden
nach der Geburt in Kali bichromicum, so ist es ausserordentlich leicht, die
Existenz von Stäbchen und Zapfen darzuthun. Die Membrana limitans externa
erscheint als scharfe einfache Linie in der Profilansicht. Auf derselben erheben

---

1) Arch. f. microsc. Anat. 1866. Bd. II. S. 422.
2) Verhandl. der naturwissensch. Gesellsch. zu St. Gallen. 1864/65. Sep. Abdr. S. 100.

sich in regelmässigen Abständen kleinere und grössere Höcker. Dies sind die Anlagen der Innenglieder von Stäbchen und Zapfen. Die Zapfen sind natürlich die grösseren Gebilde. Aussenglieder der letzteren lassen sich mit Bestimmtheit nicht unterscheiden, auf jedem Stäbchen sieht man dagegen eine ganz feine starre Cilie sitzen: die Anlage des Aussengliedes (Taf. II, Fig. 23). Die Länge desselben beträgt 0,0031, die Dicke 0,0003 Mm. Das Verhältniss ist mithin ungefähr wie beim erwachsenen Thier, woselbst die Länge 0,023, die Dicke 0,002 ausmacht, d. h. wie 1 : 10. Kennt man die Aussenglieder einmal, die in Situ wie ein Wald von feinsten Cilien erscheinen, so sind sie auch an der frischen Retina ohne Schwierigkeit aufzufinden, und von denselben Dimensionen. In den nächsten Tagen nach der Geburt wachsen die Innen- und Aussenglieder allmälig heran (Taf. II, Fig. 24). Das Verhältniss der Länge zur Dicke aber bleibt unverändert, wie sich begreift, weil es von vornherein demjenigen beim erwachsenen Kaninchen gleich ist.

Es betrug z. B. bei Kaninchen von demselben Wurf in Mm. :

| Stunden nach der Geburt | Stäbchen | | | | Zapfen | | | |
|---|---|---|---|---|---|---|---|---|
| | Aussenglied | | Innenglied | | Aussenglied | | Innenglied | |
| | Länge | Dicke | Länge | Dicke | Länge | Dicke | Länge | Dicke |
| 2 | 0,0031 | 0,0003 | 0,0015 | 0,0015 | | | 0,0015 | 0,0022 |
| 40 | 0,0046 | 0,0004 | 0,002 | | | | 0,0018 | |
| 88 | 0,0077 | | | | | | | 0,003 |

Es ergibt sich ferner, wie irrthümlich die wohl aus vorgefasster Meinung hervorgegangene Angabe M. Schultze's[1] ist, dass die Stäbchen-Aussenglieder beim neugeborenen Kaninchen anfangs aus 2—3 Plättchen beständen, deren Anzahl sich nach und nach vermehre.

Gegenüber von Hensen hat aber Schultze insofern Recht, als die ganzen Stäbchen aus der Membrana limitans externa hervorwachsen. Keineswegs stammen die Aussenglieder von den Pigmentzellen. Die genannte Membran entspricht morphologisch bekanntlich der inneren Oberfläche des inneren Blattes der primitiven Augenblase resp. dem Ependym der Hirnventrikel, während die Pigmentschicht der Choroidea aus dem äusseren Blatt jener Blase hervorgeht. Desshalb muss man, wie es in der schematischen Darstellung (Taf. II, Fig 24) geschehen ist, das Pigment zur Retina rechnen, der dasselbe auch seiner Function nach angehört. Dass man die Pigmentschicht durch Präparation als eine besondere der Retina anhaftende »Membrana pigmenti« darstellen könne, war schon älteren Anatomen bekannt. Die Stäbchen und Zapfen sind solide Sprossen, anfangs nur Verdickungen der Membrana limi-

---

1) Arch. f. microsc. Anat. 1867. Bd. III. S. 374.

tans externa und wegen ihres continuirlichen Zusammenhanges mit derselben zu den Cuticularbildungen zu rechnen, wie auch die früher geschilderten Nadeln derselben Membran.

Es lässt sich nicht bezweifeln, wenn man die Analogie mit dem Kaninchen, ferner die Angaben von Hensen und namentlich den unbefangenen Vergleich Steinlin's mit Flimmercilien in Erwägung zieht, dass auch die neugeborene Katze bereits Aussenglieder der Stäbchen besitzt.

Die bereits hervorgehobene Zusammensetzung der Stäbchenkörner aus verschieden stark lichtbrechenden Substanzen, die mit concaven resp. convexen Flächen an einander grenzen, zeigt sich besonders deutlich während der Entwicklung dieser Schichtung. Am dritten Tage nach der Geburt sind beim Kaninchen an der ganz frisch mit Glaskörperflüssigkeit untersuchten Retina bereits die Anfänge der Querstreifung deutlich. Man sieht nach dem Innern des Stäbchenkornes hin zugeschärfte, den Cartilagines falciformes des Kniegelenks vergleichbare Scheiben in das Korn hineinwachsen (Taf. II, Fig. 24). Bei der neugeborenen Katze scheinen die Verhältnisse ähnlich zu sein, wenigstens findet sich die Angabe [1]), die Querstreifen wären unterbrochen. Die biconcave Gestalt der Scheiben, die beim Erwachsenen schwieriger zu erkennen ist, tritt unter diesen Umständen besonders deutlich hervor. Das Kernkörperchen, welches man auch beim neugeborenen Kaninchen wahrnehmen kann (Taf. II, Fig. 24) ist bei der Bildung der Querstreifen unbetheiligt.

### 3. Ganglienzellen und Nervenfasern.

Es war von vornherein einleuchtend, dass die Bedeutung der verschiedenen Schichten der Retina, insbesondere auch der Axenfasern in den Innengliedern nur durch das Experiment ermittelt, resp. die Ansichten darüber dem Bereich der subjectiven Meinungen enthoben werden könnten. Hierbei kam in erster Linie die Durchschneidung des N. opticus in Frage.

Zur Ausführung der Operation in der Augenhöhle beim Kaninchen ist es vortheilhafter, eine andere Methode zu benutzen, als die bisher bekannte. [2]) Es lässt sich ein Neurotom construiren, welches zugleich auf die Fläche und auf die Schneide gebogen ist (Taf. II, Fig. 42, 43, 44). Die Krümmung auf die Fläche (Taf. II. Fig. 43) soll den Radius des Bulbus berücksichtigen, welcher letzterer 16—18 Mm. Durchmesser hat. Unumgänglich ist die Forderung, dass die Schneide des vorn geknöpften Neurotoms ausserordentlich scharf sei (Taf. II, Fig. 44*), was nicht ganz leicht zu erreichen ist. Nach erlangter Uebung wurde es bequemer gefunden, das Neurotom durch eine auf das Blatt gebogene und schliesslich durch ein etwas lange, gerade, an den Spitzen abgerundete Scheere zu ersetzen.

---

1) Arch. f. microsc. Anat. 1866. Bd. II. S. 247.
2 S. W. Krause, Anatomie des Kaninchens. 1868. S. 224.

Das Kaninchen wird in der Bauchlage auf ein Brett gebunden, der Kopf von einem Gehülfen fixirt, welcher zugleich die Augenlider auseinander zieht. Zuerst macht man mit Scheere und Pincette die Tenotomie des M. rectus superior, was sehr leicht ist. Dann löst man ohne Blutung, indem man vorher mit der Pincette die eingeschnittene Conjunctiva fasst und an derselben die optische Augenaxe nach unten wendet, die oberen Fasern des M. retractor bulbi an ihrem Ansatze vom Bulbus ab, gerade wie vorher die des M. rectus oculi superior. Nun geht man in die Tiefe der Augenhöhle beim linken Auge an der lateralen hinteren Seite des N. opticus, am rechten Auge an der vorderen medialen Seite desselben hinter den Bulbus, hakt den N. opticus auf die concave schneidende Stelle des Neurotoms und durchschneidet den Nerv im Herausziehen. Wegen der Beweglichkeit des Bulbus durch die Augenmuskeln ist es unnöthig, besondere Vorsichtsmassregeln gegen eine zu schnelle Wiedervereinigung des durchschnittenen Nerven zu treffen. Man kann auch wohl den N. opticus mittelst eines Fadens abbinden, was mit Erfolg ausgeführt wurde, aber nicht ganz leicht ist. Mitdurchschneidung der Ciliarnerven, sowie Blutungen aus den Aesten der A. ophthalmica sind unvermeidlich, schaden jedoch nichts, und die letzteren stehen rasch von selbst. Die Wunde heilt durch Eiterung. Was die Fehler betrifft, welche bei der Operation begangen werden können, so hat man sich am meisten davor zu hüten, zu nahe an den Bulbus zu kommen. Man reisst leicht den N. opticus an seiner Eintrittsstelle in das Auge ab, wenn das Neurotom nicht sehr scharf ist. Auch mit der Scheere kann man in den Bulbus schneiden; in beiden Fällen ist Ausfliessen des Glaskörpers, der im Conjunctinalsacke erscheint, später Panophthalmitis und Vereiterung des Auges, welches sammt der Retina zu Grunde geht, die unausbleibliche Folge. Mit solchen vereiterten Augen ist für die anatomische Untersuchung gar nichts mehr anzufangen.

Nach der Operation soll die Pupille sofort weit und bei wechselnder Beleuchtung unbeweglich werden. Sie ist aber gewöhnlich eng und unbeweglich contrahirt, wahrscheinlich in Folge von Reizung der mitdurchschnittenen Ciliarnerven oder des Ganglion ciliare. Nach einiger Zeit, jedenfalls am anderen Tage lässt die Contraction des Sphincter nach, und die Pupille wird weit und unbeweglich, was man bei abwechselnder Beleuchtung und Beschattung im einfallenden Sonnenlicht am leichtesten erkennt. Man operirt nur Ein Auge, um das Leben des Thieres, welches noch Wochen lang erhalten bleiben muss, nicht durch vollständige Blendung zu gefährden. Auch kann man stets das gesunde Auge als bequemstes Controle-Object bei der macroscopischen wie microscopischen Untersuchung benutzen. Merkwürdiger Weise unterscheidet sich das Benehmen eines blinden Kaninchens von demjenigen eines sehenden so wenig, dass man auch bei sorgfältiger Verklebung des gesunden Auges keine Aufklärung darüber erhält, ob der operirte N. opticus wirklich ganz durchschnitten ist, oder nicht. Da man aber das Thier Wochenlang beobachten kann, so ist es stets möglich, Sonnenlicht zu benutzen. Ein sehendes Kaninchen schliesst im

Sonnenschein die Augenlider; bei dem blinden bleiben sie unbeweglich, und dieses einfache Mittel gibt ein eben so sicheres Resultat, wie das Studium der Pupille. Weisse Kaninchen wurden, um allen Einwänden vorzubeugen, niemals benutzt. Das Auge bleibt vollkommen klar und auch bei ophthalmoscopischer Untersuchung lässt sich nichts Abnormes in demselben entdecken.

Nach zwei bis fünf, am besten nach drei Wochen tödtet man das Thier durch Erhängen. Man sägt dann den Schädel auf, bricht die knöcherne Decke der Orbita sowie den Arcus supraorbitalis mit einer kleinen Knochenzange weg, entfernt den M. rectus superior, den N. ophthalmicus und den M. retractor bulbi, worauf man von oben her den N. opticus freilegt. Wenn die Durchschneidung gelungen war, so findet man an seinem centralen Stumpf eine ca. 3 Mm. dicke gelbweisse, weiche Anschwellung; der peripherische abgetrennte etwa 2 Mm. lange Theil ist dünner und mehr gelblich, als in der Norm. Die Gefäss-Verbindungen braucht man nicht genauer zu untersuchen, da es ohnehin bekannt ist, dass die Retina nach Unterbindung der A. centralis retinae sofort wieder mit Blut versorgt wird, worüber Kugel[1]) und Leber[2]) zu vergleichen sind. Nach Letzterem finden die Anastomosen zwischen den Gefässen der Choroidea und Retina nur in der Eintrittsstelle des N. opticus statt. Bei der späteren anatomischen Nachforschung zeigen sich in Folge des Erhängungstodes die Capillaren der Retina gut gefüllt.

Die Untersuchung des Auges wird am frischen Präparat, in Glaskörperflüssigkeit, nach mehrtägigem Einlegen in Essigsäure von 3 %, oder nach Erhärtung in Kali bichromicum vorgenommen. Eingreifende Reagentien wie Chromsäure, Osmiumsäure, Jodserum, Goldchlorid u. s. w. sind bei dieser Untersuchung besser zu vermeiden.

Alle Theile des Auges zeigen sich unverändert, und ebenso die meisten Schichten der Retina. Die Innen- und Aussenglieder der Stäbchen und Zapfen, die äusseren Körner mit ihren charakteristischen Querstreifen, die Stäbchen- und Zapfenfasern, die Zellen der Membrana fenestrata, die Radialfasern u. s. w. bleiben sämmtlich vollständig normal, während die Nervenfasern fettig entarten. Letzteres zeigt sich an dem peripherischen Stumpf des N. opticus, an den Bündeln doppeltcontourirter Fasern desselben in der Retina, aber auch an den einfach contourirten Fortsetzungen der letzteren, welche zum grösseren Theile die Nervenfaserschicht in der Retina des Kaninchens ausmachen. Die Veränderungen an den doppeltcontourirten Nervenfasern sind die bekannten.[3]) Was die blassen Opticusfibrillen betrifft, so zeigen sie Körnchenreihen, die aus glänzenden Fettkörnchen von 0,0005—0,001 Mm. Durchmesser bestehen (Taf. II, Fig. 31 op. Fig. 33 op).

---

1) Archiv f. Ophthalmologie. 1863. Bd. IX. Abth. 3. S. 129.

2) Daselbst 1865. Bd. XI. Abth. 1. S. 1.

3) W. Krause, Beiträge z. Neurologie der oberen Extremität. 1865. Taf. II. Fig. 2 u. 3.

Aus diesen Erfahrungen ist der Schluss zu ziehen, dass alle die genannten Theile der Retina mit den Opticusfasern in keiner leitenden Verbindung stehen, mithin nicht als nervös anzusprechen sind. Man könnte indessen den Einwurf erheben, ob nicht die Ganglienzellen der Retina, die doch der fortdauernden Blutcirculation sich erfreuen, eine Ernährungsstörung in den äusseren Theilen der Retina verhinderten. Aber es ist leicht diesen Einwand zu widerlegen; denn die Ganglienzellen degeneriren ebenfalls. Sie vermögen es nicht sich selbst gegen fettige Entartung zu schützen; wie sollten sie andere Schichten der Retina davor bewahren können?

Die Ganglienzellen zeigen eine etwa am 12ten Tage nach der Operation zuerst wahrnehmbare Trübung, wenn man die frische Retina von der Innenseite in Glaskörperflüssigkeit untersucht. Dieselbe besteht aus kleinen Fettkörnchen, die sich dicht um den Kern der Zelle ablagern, so dass es scheinen kann, als sei dieser selbst körnig geworden. Drei Wochen nach der Nervendurchschneidung sind zahlreichere Fetttropfen von 0,0005—0,002 Mm. Durchmesser im Inneren der Zellen nachweisbar und zwar lagern sich dieselben zunächst am Aussenrande derselben ab, so dass die Zelle stellenweise von einem punktirten Saume eingefasst erscheint (Taf. II, Fig. 33 *gg*). Schliesslich füllt sich auch die Zellsubstanz mit Fettkörnchen, sowie auch deren Fortsätze degeneriren (Taf. II, Fig. 34 *gg*). Die geschilderten Veränderungen gehen an allen Zellen ziemlich gleichzeitig vor sich; wenigstens trifft man niemals ganz normale Ganglienzellen zwischen den degenerirten, womit zugleich in aller Strenge bewiesen ist, dass sämmtliche Ganglienzellen der Retina mit Opticusfasern zusammenhängen.

Um ein bequemes Vergleichungsobject zu haben, untersucht man gleichzeitig mit dem operirten Auge das gesunde desselben Thieres. Man findet bei der Betrachtung der frischen Retina in Glaskörperflüssigkeit von der Innenseite das prachtvolle Bild der dichtgehäuften Ganglienzellen, das Stratum globulosum von C. Krause. [1]) Am normalen Auge sind die über die dicht gedrängt liegenden Zellen weglaufenden Opticusfasern sehr durchsichtig, so dass sie bei schwächeren Vergrösserungen übersehen werden können. Daher mag es sich erklären, dass dies Stratum globulosum damals an die Innenseite der Fibrillenschicht verlegt wurde, so dass die Reihenfolge von aussen nach innen sich folgendermassen herausstellte: Stäbchenschicht, Körnerschicht, Fibrillenschicht, Kugelschicht. Die citirte ältere Beschreibung der Kugeln lässt ihre Natur als Ganglienzellen mit Rücksicht auf die beim Menschen zu 0,014— 0,023 Mm. angegebene Grösse und namentlich ihre Kerne (0,011 Mm.) unzweideutig erkennen. Diese leicht granulirten Kerne besitzen deutliche grosse Kernkörperchen (Taf. II, Fig. 32), die sich auch an den degenerirten Zellen erhalten. Die Zellensubstanz ist an normalen Ganglienzellen vollkommen klar und homogen. Das beschriebene Stratum globulosum ist nicht zu verwechseln

---

[1]) Handbuch der menschlichen Anatomie. Bd. I. 1842. S. 538.

mit kernlosen Tropfen von ausgetretenem Eiweiss, welche Bowman[1]) zwischen den Enden der Radialfasern an der Membrana limitans interna gelegen abbildete. Die Abbildung, welche Valentin[2]) von angeblichen Ganglienzellen der Retina gegeben hat, stellt in Wasser freischwimmende Gebilde dar. Die wirklichen Ganglienzellen werden aber leicht durch Wasserzusatz zerstört.

Nach Erhärtung der degenerirten Retina in Kali bichromicum kann man auf senkrechten Durchschnitten nach Zusatz von Natronlauge die degenerirten Ganglienzellen nebst ihren ebenfalls mit Fettkörnchen infiltrirten Ausläufern in Situ erkennen (Taf. II, Fig. 31).

Es war nun noch des Ferneren zu discutiren, ob nicht vielleicht im Inneren der Zapfenfasern resp. in der Axe des Innengliedes feine Nervenfäden verliefen, sowie auch das Verhalten der ellipsoidischen Körper in den Innengliedern erforscht werden sollte. Für diese Aufgaben erschien die Retina des Kaninchens wenig geeignet, und es lag am nächsten, sich an das Huhn zu wenden.

Die Operation ist einfacher als beim Kaninchen. Man durchschneidet in der Höhe der Pupille an dem hinteren Rande der seitlich gestellten Augenhöhle in einer Ausdehnung von etwa 1 Cm. in der Richtung von oben nach unten die Haut, löst die Fascie, welche den Bulbus mit dem Knochenrand verbindet, von letzterem ab und trennt mit der geraden Scheere den N. opticus von hinten nach vorn und medianwärts. Die Entfernung des N. opticus vom Rande der Augenhöhle beträgt bei grösseren Thieren ca. 1 Cm. Ob die Operation gelungen, ist leicht daran zu erkennen, dass der Vogel sich von der blinden Seite her fangen lässt, nicht aber von der gesunden.

Alle Verhältnisse, die beim Kaninchen geschildert wurden, sind dieselben nach der Opticus-Durchschneidung beim Huhn. Aber bei letzterem Thier gelingt es auch mit Hülfe von Essigsäure-Präparaten resp. nach Uebersättigung derselben mit verdünnter Natronlauge zu zeigen, dass die Zapfenfasern keine Fettkörnchen enthalten, und ebenso bleiben die Zapfenkegel ganz unverändert. Natürlich verharren die farbigen Oeltropfen in den Zapfen im normalen Zustande, aber nicht minder die Zapfenkörner mit ihren charakteristischen zahlreichen Querstreifen, ferner die ellipsoidischen Körper in den Zapfen und Stäbchen, sowie die blassen Axenfasern (Taf. II. Fig. 26) der Innenglieder, die mithin nicht mehr für Endorgane des N. opticus gehalten werden können.

Der wesentliche Punct der angetretenen Beweisführung liegt in dem Umstande, dass nach Durchschneidung des N. opticus die ganze peripherische Leitung inclusive der Ganglienzellen fettig entartet. Es leuchtet ein, in welcher Verfeinerung die betreffende vorzügliche Untersuchungsmethode den

---

1) Lectures on the eye. 1849. S. 85. Fig. 15. — S. auch Kölliker, Gewebelehre. 1852. S. 598. Fig. 302 c.

2) Repertorium für Anat. und Physiol. 1837. Fig. 7.

schwierigen physiologischen Aufgaben, wie z. B. der Nervenverbreitung in den Ganglien des Herzens etc., jetzt gegenübertritt. Ohne jenen Nachweis konnten keine bindenden Schlüsse aus derartigen Resectionen gezogen werden, und dadurch mag es gekommen sein, dass ein früheres Experiment von Lehmann[1] factisch in Vergessenheit gerathen ist. Während Lent[2] bei Versuchen, die am Frosch angestellt wurden, zu keinen Resultaten gekommen war, fand Lehmann am zwanzigsten Tage nach einer einmal gelungenen Durchschneidung des N. opticus beim Hunde alle Schichten der Retina normal, mit Ausnahme der Opticusfibrillen, und gab eine Abbildung aus der betreffenden Retina.

Dagegen ist von Courvoisier[3] bereits der Nachweis geliefert, dass nach Nerven-Resectionen nicht nur die peripherischen Fasern, sondern auch die mit denselben in Verbindung stehenden Ganglienzellen fettig entarten. Dies ergab sich beim Kaninchen nach Durchschneidung von Verbindungsästen des N. vagus zum Ganglion cervicale primum an den Ganglienzellen des letzteren und in ähnlicher Weise auch beim Frosch. Courvoisier nannte die am Rande der Ganglienzellen auftretenden und durch die angewendete Präparationsmethode über den scheinbaren Zellenrand hervorgepressten Fettkörnchen »Degenerationsknötchen«; es ist aber bereits von Bidder[4] darauf hingewiesen worden, dass es sich um gewöhnliche Fetttröpfchen gehandelt habe.

Wollte man behaupten, dass möglicherweise in der Stäbchenschicht resp. in den äusseren Schichten der Retina eine mit unseren jetzigen Hülfsmitteln nicht sichtbare Degeneration eingetreten sein könnte, so würde auf die Stäbchenfasern (resp. Zapfenfasern) hinzuweisen sein. Diese sollen nach den bisherigen, auch von mir früher adoptirten Anschauungen Nervenfasern sein. Es ist kein Grund abzusehen, wesshalb sie, wenn Jenes richtig wäre, nicht eben so gut entarten müssten, wie die Ausläufer der Ganglienzellen es thun. Im Gegentheil aber bleiben, wie schon gesagt, Stäbchen- und Zapfenfasern vollkommen unverändert.

Einen letzten Einwand könnte man gegen die Beweiskraft der Opticus-Resectionen erheben, wenn man behauptete, dass vielleicht nach sehr langer Zeit die Stäbchen etc. dennoch entarten würden. Es ist jedoch längst bekannt, dass selbst bei vollständiger Atrophie der Ganglienzellen- und Fibrillenschicht die übrigen Schichten der Retina unverändert bleiben, falls keine anderweitigen Affectionen hinzutreten.

Unter den neueren Beispielen mag auf die am meisten charakteristischen von M. Schultze[5] mitgetheilten Fälle hingewiesen werden. Während die


1) Experimenta quaedam ad n. opt. diss. Dorpat 1857. Fig. 2.
2) Zeitschr. f. wissensch. Zool. 1855. S. 152.
3) Arch. f. microsc. Anatomie. 1866 Bd. II. S. 1. Taf. II. Fig. 21.
4) Arch. f. Anat. und Physiol. 1868. S. 47.
5) Arch. f. microsc. Anat. 1866. Bd. II. Taf. XIII. Fig. 2.

Opticusfasern und Ganglienzellen beim Menschen vollkommen atrophisch waren, zeigten sich die übrigen Theile der Retina so vollständig normal, dass Schultze keinen Anstand nahm, nach denselben die normalen Verhältnisse der Macula lutea und Fovea centralis abzubilden, resp. die Dimensionen der Zapfen (s. S. 32) zu messen. Es folgt daraus, dass auch nach sehr langer Zeit in Folge von absoluter Atrophie des N. opticus keine Ernährungsstörungen in den Stäbchen, Zapfen etc. etc. eintreten.

### 4. Innere Körner.

In der inneren Körnerschicht kommen mindestens vier Arten von Elementen vor.

A. Längliche Kerne, welche den radialen Stützfasern ansitzen. Jede Radialfaser (Taf. I, Fig. 13, Fig. 20) hat einen solchen Kern, aber nicht mehr. Die Radialfasern sind desshalb wie auch auf Grund der Entwicklungsgeschichte als spindelförmige Zellen aufzufassen. Am besten sieht man diese Verhältnisse am Auge der Katze oder des Kaninchens, die in Chromsäure von 0,015—0,03 % gehärtet wurden; auch an Oxalsäure- und Schwefelsäure-Präparaten. In Alkoholpräparaten sind die Kerne meistens mehr eckig (Henle), da sie durch Wasserentziehung einschrumpfen.

B. Nach übereinstimmenden Angaben zahlreicher Beobachter enthält die innerste Lage der inneren Körner an der granulirten Schicht etwas grössere Körner, die einen grossen Kern und etwas Zellsubstanz besitzen und kleinen Ganglienzellen nicht unähnlich sind.

C. Die mittlere Lage oder die Hauptmasse der inneren Körner besteht aus kugligen, gegen 3%tige Essigsäure resistenten Elementen, welche je zwei nach innen und aussen verlaufende Fasern aussenden, die sich durch ihre viel geringere Dicke und geringere Resistenz von den radialen Stützfasern unterscheiden.

Nach H. Müller[1] sind die beiden sich kreuzenden Faserrichtungen bei Raubvögeln in der Nähe der Foveae centrales am deutlichsten; ebenso bemerkte Heinemann[2] ein zierliches Gitterwerk in der Retina von Oriolus, und Hulke[3] fand, dass an der Macula lutea des Menschen die mit den inneren Körnern zusammenhängenden Fäden an ihrem schrägen Verlauf von den senkrechten Radialfasern leicht zu diagnosticiren sind.

Nach Hulke[4] färben sich die Körner dieser Lage beim Frosch durch Carmin intensiver als die übrigen. Ob diese Angabe Gültigkeit besitzt, bleibt dahingestellt, da wenigstens bei Säugethieren kein Unterschied in der Intensität der Rothfärbung nachzuweisen ist.

---

1) Würzb. naturwissensch. Zeitschr. 1862. Bd. III. S. 10.
2) Arch. f. pathol. Anat. 1864. Bd. 30. S. 256.
3) Philos. transact. 1867. P. I. S. 112, Taf. VII. Sitzung v. 14. Juni 1866.
4) Ophthalmic hospital reports. 1864. Vol. IV. S. 248.

D. **Die äusserste Lage** der inneren Körner, deren einzelne Elemente in die Lücken der Membrana fenestrata hineinragen, zeichnen sich, wie schon bei Gelegenheit der letzteren hervorgehoben wurde, in mehrfacher Hinsicht vor den übrigen inneren Körnern aus. Diese Lage wird, was die Topographie der Retina anlangt (Taf. I, Fig. 9, Fig. 10. Taf. II, Fig. 11) bei den Fischen durch die granulirten multipolaren Zellen der Membrana perforata ersetzt. Die letzteren hängen jedoch, wie oben (S. 9) erörtert wurde, nach M. Schultze[1] mit den Radialfasern zusammen.

Die Grösse der Körner dieser Lage ist von denen der mittleren Lage ein wenig verschieden und die betreffende Differenz scheint ganz constant zu sein. Beim Kalb betrug in stärkerer Chromsäurelösung der Durchmesser der Körner in der äussersten Reihe 0,0095—0,0114, die der mittleren Lagen 0,0076 Mm. Beim Menschen fand sich in Kali bichromicum für die erstgenannten fast derselbe Durchmesser, während die Differenz nicht so beträchtlich ausfiel. Das Kernkörperchen in den äussersten Körnern mass beim Menschen und Kalbe 0,0012—0,0015 Mm.

Der wesentliche Punkt für die Unterscheidung der äussersten Reihe der inneren Körner liegt jedoch darin, dass sie unipolar (Taf. I, Fig. 9), nicht bipolar sind wie die übrigen inneren Körner, indem sie nach der Stäbchenschicht hin keinen äusseren Fortsatz weiter senden. Die anatomische Continuität hört also an dieser Stelle auf, durch welches Verhalten es möglich werden würde, die äusserste Lage der inneren Körner für Nerven-Endigungen anzusprechen, falls die Continuität nach innen hin mit den unzweifelhaft nervösen Elementen: Opticusfasern oder Ganglienzellen nachgewiesen wäre.

Dass irgend welche unter den inneren Körnern mit Ausläufern der Ganglienzellen zusammenhängen, ist von Kölliker[2] und H. Müller behauptet worden. M. Schultze[3] wendete dagegen ein, dass der betreffende angebliche Zellenausläufer wegen seiner Dicke mehr Aehnlichkeit mit einer Radialfaser zu haben scheine. Später ist dann durch Ritter[4] beim Walfisch, von Manz[5] für den Frosch und von Hulke[6] für Amphibien der fragliche Zusammenhang im Allgemeinen behauptet worden, ohne dass jedoch die betreffenden Angaben auf solche Präcision Anspruch zu machen scheinen, wie sie unter jetzigen Umständen bei der Retina mehr als jemals erforderlich ist.

Bei der Untersuchung eines Kaninchenauges, an welchem drei Wochen vorher der N. opticus durchschnitten war, fand ich an der frisch von der Innenseite her untersuchten Retina, ausser den fettig degenerirten Opticus-

---


1) Observat. de retin. struct. penit. 1859. Fig. 5.

2) Microsc. Anat. 1856. II. 2. S. 703. Fig. 442. Gewebelehre 1867. Fig. 491.

3) Observat. de retinae struct. penitiori. 1859. S. 23.

4) Die Structur der Retina. 1864. S. 45. Fig. 22.

5) Zeitschr. f. ration. Medicin. 1866. Bd. 28. S. 237.

6) Journal of anatomy and physiology. 1866. Nov. 7. S. 94.

fasern und Ganglienzellen noch hier und da zerstreute kleine rundliche Körper von der Grösse der inneren Körner mit Fettkörnchen dicht gefüllt und resistent gegen verdünnte Essigsäure. Mit Rücksicht auf ihre Grösse, welche weit geringer war als die von Ganglienzellen, konnten dies vielleicht diejenigen inneren Körner sein, welche nach den oben Angeführten die Lücken der Membrana fenestrata ausfüllen, die also hiernach ebenfalls fettig entartet gewesen wären. Auf Querschnitten der Retina waren sie nicht mit Bestimmtheit aufzufinden.

Das auf die eben besprochenen Angaben basirte Schema der nervösen Elemente in der Retina, wie es auf Taf. II, Fig. 21 dargestellt worden ist, muss zufolge der geschilderten Sachlage in Betreff der Verbindung der Ganglienzellen-Ausläufer mit den inneren Körnern noch als hypothetisch betrachtet werden.

### 5. Granulirte Schicht.

Von dieser soll nur erwähnt werden, dass sie bei keinem Wirbelthier anastomosirende Zellen enthält, wie solche die früher sogenannte Zwischenkörnerschicht bilden. Bemerkenswerth ist bei manchen Thieren ihre Zusammensetzung aus mehreren Schichten oder Lamellen, welche schon mehreren Beobachtern aufgefallen ist. Vielleicht handelt es sich dabei um eine optisch wirksame Anordnung.

### 6. Membrana limitans interna.

Dieselbe ist eine von der Membrana hyaloidea gesonderte Membran, worin ich den Angaben von Kölliker und M. Schultze gegenüber Henle und Steinlin beistimmen kann. Am Auge des Rindes ist die Membrana hyaloidea mit blossem Auge sichtbar, wenn man den Glaskörper mit der Pincette von der Retina abzieht. Nach Erhärtung der hierbei unverletzt bleibenden Retina findet man die Membrana limitans interna mit den Radialfasern in ungestörtem Zusammenhange. In Kali bichromicum sieht man nach innen von der Membrana limitans interna die an ihren Falten zu erkennende, anscheinend structurlose Membrana hyaloidea. Die Dicke derselben beträgt ca. 0,002 Mm., etwa doppelt so viel als die Membrana limitans interna, welche 0,001 Mm. Durchmesser hat. Betrachtet man die Membrana hyaloidea des Rindes an Präparaten mit Kali bichromicum von der Fläche, so enthält sie in regelmässigen Abständen rundliche Kerne. Sie ist überhaupt als aus verschmolzenen, anscheinend polygonalen platten Zellen hervorgegangen anzusehen, deren Grenzen schwer nachzuweisen sind. Die Kerne sind auch auf dem Querschnitt der in Situ befindlichen Membran wahrzunehmen (Taf. II, Fig. 30), und wenn man will, kann man die Membrana hyaloidea als ein verschmolzenes Epithel auf der Innenfläche der Membrana limitans interna auffassen. Mit den angeblichen Epithelzellen, welche Steinlin auf der Choroidealseite der Membrana limitans interna beschreibt, haben die Zellen der Membrana hyaloidea durchaus nichts zu thun; die ersteren sind nichts weiter als die abgerissenen Enden der Radialfasern.

An der Eintrittsstelle des Sehnerven befindet sich bekanntlich im Auge des Chamäleon eine pigmentirte kegelförmige Hervorragung, die dem Pecten der Vögel analog ist. Ein ähnliches, nur viel kleineres und weissliches, kegelförmiges Gebilde zeigt sich, wie man weiss, hier und da bei manchen Säugethieren. Es ist der Rest der A. hyaloidea. Beim Rinde, wo die Länge z. B. 6 Mm., die Dicke an der Basis 1 Mm., an der Spitze 0,1 Mm. beträgt, wurde derselbe von mir niemals vermisst. Dagegen scheint das von Meissner[1]) beschriebene Vorkommen beim erwachsenen Menschen eine seltenere Varietät zu sein, da dieselbe in einer grossen Anzahl von mir untersuchter Augen nicht beobachtet wurde.


## 7. Untersuchungsmethoden.

Die hier mitgetheilten Resultate waren ohne veränderte Methoden nicht zu erhalten. Am meisten Gewicht ist auf die Anfertigung von Flächenschnitten der Retina zu legen. Die bisherigen wirklich brauchbaren Angaben sind alle an senkrechten Querschnitten gewonnen worden. Das Zerzupfen, womit weniger Geübte leicht bei der Hand zu sein pflegen, nützt nur dann, wenn an sich schon sehr feine Schnitte zerfasert werden. Auf diesem Wege erhält man z. B. isolirte Zapfen, die durch ihre Zapfenfaser mit einer Zelle der Membrana fenestrata in Verbindung stehen. An wirklich feinen Querschnitten, die nur eine Reihe von Zapfen, resp. Körnern enthalten, mithin höchstens den hundertsten Theil eines Millimeters Dicke haben sollen, sieht man die meisten Details und sie machen das Zerzupfen in der Regel überflüssig. Sollte ein Schnitt zu dick ausgefallen sein, so spart man am meisten Zeit durch Anfertigung eines neuen, feineren. Dennoch sind ausser den senkrechten Durchschnitten die Flächenschnitte für unentbehrlich zu halten. Da die Retina nicht dicker als 0,4 Mm. ist, so wird es wünschenswerth die Augen zu härten, um eine so feine Membran in ihrer Ebene abtragen zu können. Wie früher schon bemerkt, lässt man die mit Reagentien behandelten Augen in Kältemischungen gefrieren. Man legt sie am besten in kleine, inwendig emaillirte, mit einem Deckel versehene eiserne Töpfchen, welche man in ein Gemenge von Eis und Kochsalz stellt. Die zu benutzenden Rasirmesser werden in dieselbe Mischung gebracht.

Das wolframsaure Ammoniumoxyd in möglichst concentrirter sehr schwach ammoniacalischer wässriger Lösung, in der Wärme gelöst, kann man für die Untersuchung des Stäbchen-Mosaiks benutzen. Ich verdankte dies schön krystallisirende Salz meinem Freunde Prof. Wicke in Göttingen.

In kohlensaurem Kali (1 Th. auf 2 Thle. HO) lässt man die halbirten

---

1) Jahresbericht für 1856. S. 562.

Augen 24 Stunden lang liegen, bis die Retina schnittfähig wird. Feine Querschnitte werden dann mit sehr wenig der Lösung von kohlensaurem Kali unter
das Microscop gebracht, wobei selbstverständlich jeder Druck zu vermeiden
ist. Man unterstützt das Deckgläschen nach alter Art, z. B. durch ein Stückchen
Choroidea oder dergl. Das undurchsichtige Präparat hellt man dann durch zu-
fliessendes destillirtes Wasser auf. Setzt man von vornherein destillirtes Wasser
zu, oder erleidet der Schnitt irgend welchen Druck, so verwandelt sich derselbe in eine amorphe Masse. Bei vorsichtiger Behandlung zeigen sich dagegen
die Stäbchen-, Zapfen- und Radialfasern mit ihren Ansätzen an die Membrana
fenestrata, resp. die Zapfen- und Stäbchenkegel. Auch die Stäbchenschicht
erhält sich gut, während alle übrigen Elemente sehr blass werden.

Für die Darstellung der Membrana fenestrata als solcher empfehlen sich
die Augen des Rindes, Kalbes, Falken und Frosches in Kali carbonicum. An
etwas dickeren Schnitten erhält man leicht zufällige Flächenansichten.

Dass die Anwendung von Alkalien gegenüber den bisher ausschliesslich
verwendeten Säuren eigenthümliche Vortheile bietet, braucht wohl nicht weiter ausgeführt zu werden.

Dem kohlensauren Kali ziemlich ähnlich wirkt Chlorcalcium (100 Th.
auf 200 Th. Wasser) mit etwas Ammoniak (4 Th. einer 10 %tigen wässrigen
Lösung).

Das arsenigsaure Natron in möglichst concentrirter wässriger Lösung
ist beim Kaninchen besonders geeignet, um auf senkrechten Durchschnitten
die Ansätze der Radialfasern und Zapfenfasern an die Membrana fenestrata zu
zeigen. Da die Retina etwas weich bleibt, so wird man vielleicht gefrorene
Augen zu benutzen vorziehen.

Bei allen bisher genannten Reagentien genügt eine 24stündige Einwirkung; in denselben bleibt die Stäbchenschicht ziemlich unverändert.

Das Goldchlorid, resp. Goldchloridkalium (letzteres nach
Gerlach) färbt die doppeltcontourirten Nervenfasern in der Kaninchen-
Retina mitunter sehr schön und zeigt die Querstreifung der äusseren Körner
in seiner sauren Lösung besonders deutlich[1]. Für die Membrana fenestrata
ist es werthlos.

Unentbehrlich sind die verdünnten Säuren. Allen übrigen vorzuziehen, was
die Darstellung der Querstreifen der äusseren Körner, sowie bei Vögeln der
Ellipsoide, der Zapfenfasern und Zapfenkegel betrifft, ist die von mir empfohlene[2]
Essigsäure von 3 %, in welche man die Augen halbirt legt und nach 24 Stunden zu untersuchen beginnen kann. Oxalsäure verwendet man in möglichst
concentrirter wässriger Lösung. Überosmiumsäure $(O_sO_4)$ in Concentrationen
von 0,1—0,25 %, die schlichtweg als »verdünnte« und »concentrirtere« Osmiumsäure-Lösungen bezeichnet werden; stärkere Lösungen bis zu 1 % kann

---

[1] W. Krause, Anatomie des Kaninchens. 1868. S. 129.
[2] W. Krause, Anatomische Untersuchungen. 1861. S. 61.

man ebenfalls noch benutzen; Schwefelsäure von 1,84 spec. Gewicht zu 0,025 Grm. auf 30 Grm. HO.

Die Verwendung der Chromsäure-Lösungen, sowie der H. Müller'schen Flüssigkeit (Kali bichrom. gr. X, Natr. sulph. gr. V. Aq. dest. ʒj) sind bekannt. Die letztere ist stets gemeint, wenn im Text von »Kali bichromicum« die Rede ist; man muss die uneröffnet eingelegten menschlichen Augen mindestens drei Wochen darin liegen lassen.

Beiläufig bemerkt wurde das chromsaure Kali zuerst von Lersch[1]) in die Untersuchung der Retina eingeführt.

Höchst verdünnte Lösungen in bestimmten Concentrationen anzuwenden, hat natürlich nur dann einen Sinn, wenn das absolute Gewicht der eingelegten Gewebstheile gegen dasjenige der umgebenden, resp. oft erneuerten Flüssigkeit als unmerklich angesehen werden darf. Dabei kommt noch in Betracht, dass die sehr verdünnten Säuren durch die alkalischen Blut- und Gewebsflüssigkeiten theilweise neutralisirt werden. Bei der Chromsäure ist es leicht die eben erwähnte Forderung zu erfüllen, nicht in demselben Grade bei der schwieriger zu erlangenden Osmiumsäure, die ich meinerseits der Freundlichkeit des Herrn Dr. Hübner in Göttingen verdanke. Unter diesen Umständen ist eine genauere Bestimmung der Concentrationen unnütz, sobald sich dieselben nur innerhalb der angegebenen Grenzen halten. Die varicöse Beschaffenheit der Stäbchenfasern und fleissiges Benutzen des Lakmuspapieres sichern die einzuschlagenden Wege in ausreichender Weise.

Es versteht sich von selbst, dass die frisch zu untersuchenden oder in Reagentien zu härtenden Augen vom eben getödteten Thier genommen werden müssen. Was den Menschen betrifft, so bieten sich in einem Hospitale nicht selten Gelegenheiten zur Acquisition der Augen von solchen Individuen, um deren Leichen sich keine Angehörigen bekümmern. Sobald die Leichen in die Leichenkammer gebracht sind, was in gut organisirten Hospitälern bekanntlich unmittelbar nach dem Tode geschieht, werden die Bulbi herausgenommen. Auf diese Art erhält man bei genau bekannter Zeit des eingetretenen Todeskampfes die Augen höchstens eine Viertelstunde nach dem Tode. Unter diesen Umständen konnten die hier mitgetheilten Untersuchungen zunächst auf das menschliche Auge basirt werden, woselbst manche Verhältnisse gerade ausserordentlich leicht festzustellen sind. Diese anscheinend ausnahmsweise glücklichen Verhältnisse sind natürlich an jedem beliebigen Hospitale nach Gutdünken zu realisiren, und es ist zu hoffen, dass die angedeuteten Gelegenheiten von recht vielen Nachuntersuchern benutzt werden mögen.

Nur ein einziges Mal wurde ein Auge eines Kaninchens absichtlich erst 36 Stunden nach dem Tode in eine Lösung von Kali carbonicum gelegt, um zu constatiren, ob die Zellen der Membrana fenestrata im Stande wären, der Fäulniss zu widerstehen. Wie zu erwarten war, zeigte sich in der betreffenden

---

1) De retin. struct. Berol. 1840. S. 45.

Retina-Partie nicht der geringste Unterschied gegen frisch eingelegte Augen. Die Bulbi von Affen und einer Hyäne verdanke ich den Herren Prof. Kefer-stein und Dr. Selenka in Göttingen. Wenn nichts Anderes vorgeschrieben ist (wie z. B. beim Kali bichromicum etc.), werden die frischen Bulbi halbirt in die Reagentien eingelegt und nach 24 Stunden untersucht. Als Zusatz-flüssigkeit zur frischen Retina wurde ausschliesslich die Glaskörperflüssigkeit desselben Thieres oder auch wohl wolframsaures Ammoniumoxyd benutzt.

# III. Physiologisches.

Aus den mitgetheilten Thatsachen dürfte der Schluss sich rechtfertigen lassen, dass die Stäbchen und Zapfen nicht die Endorgane des N. opticus sein können. Stellen wir die Gründe noch einmal übersichtlich zusammen.

1. Die Stäbchen- und Zapfenfasern endigen in platten unzweifelhaft bindegewebigen Zellen der Membrana fenestrata, welche nach der anderen Seite hin mit den ebenfalls unzweifelhaft bindegewebigen Radialfasern und durch dieselben mit der Membrana limitans interna zusammenhängen.

2. Nach Durchschneidung resp. fettiger Entartung des N. opticus degeneriren zwar die Ganglienzellen und ihre Ausläufer — nicht aber die Stäbchen und Zapfen, selbst dann nicht, wenn die nervösen Schichten der Retina vollständig atrophisch geworden sind. Dies gilt für das Huhn, das Kaninchen, den Hund und den Menschen.

3. Bei Vögeln und Amphibien, welche Oeltröpfchen in den Zapfen besitzen, wird an der betreffenden Stelle die ganze Dicke (Taf. II, Fig. 26.Fig. 34) des Zapfens von den Oeltröpfchen ausgefüllt. Durch eine Fettkugel kann nach allen unsern Kenntnissen kein Nervenprocess geleitet werden; wohl aber können Aetherwellen dieselbe passiren. Es folgt hieraus, dass wenigstens die Aussenglieder der betreffenden Zapfen nicht nervöser Natur sein können.

4. So lange die Querstreifung der äusseren Körner auf die Stäbchenkörner der Säuger beschränkt zu sein schien, konnte man glauben, dass es sich um eine zwar eigenthümliche, doch physiologisch bedeutungslose Vorrichtung handele. Die Stäbchenkörner galten nach wie vor für »interpolirte Ganglienzellen«. Mit dem Nachweis einer analogen nur complicirteren Bildung an den Zapfenkörnern des Affen und Falken erhält die Angelegenheit eine andere Wendung. Man kann die Anordnung nicht besser vergleichen als mit der manigfachen Aufeinanderschichtung, wie sie das aus mehreren achromatischen Linsen bestehende Objectiv eines Microscops darbieten würde, wenn man sich die Linsen ohne Messingeinfassung übereinandergelegt denkt. Dass ein solcher Apparat einer dioptrischen Leistung fähig sei, leuchtet ein, sobald man die klare durchsichtige Beschaffenheit eines äusseren Kornes im ganz frischem Zustande einmal vor Augen gehabt hat. Dass aber in Wahrheit Lichtwellen

den ganzen Apparat so zu passiren vermögen, dass ein kleineres aber scharfes Bild jenseits des Stäbchens entsteht, zeigen die bei der Stäbchenschicht (S. 23) mitgetheilten Versuche mit schiefer Beleuchtung.

Die ganze complicirte Vorrichtung: Zellen des Retinalpigments, Aussenglieder und Innenglieder der Stäbchen und Zapfen, die farblosen oder gefärbten Oeltropfen, die Stäbchen- und Zapfen-Ellipsoide, Stäbchen- und Zapfen-Körner, vielleicht auch die Nadeln der Membrana limitans externa — Alles in Summa stellt mehr nicht als ein zusammengesetztes, wesentlich katoptrisches System dar, in welchem die Feinheit der Einrichtungen unserem physicalischen Verständnisse zur Zeit noch Schwierigkeiten bereiten dürfte. Die quergestreiften äusseren Körner sind bekanntlich zu Säulen aufgeschichtet, welche durch die Zapfenfasern getrennt werden; diese Anordnung scheint ebenfalls einer physicalischen Deutung fähig zu sein. Vielleicht ist auch die oben erörterte namentlich bei Vögeln hervortretende Sonderung der granulirten Schicht in mehrere Lagen oder Lamellen von optischer Wirkung.

5. Nach der Entwicklungsgeschichte sind die Stäbchen und Zapfen wie die Nadeln der Membrana limitans externa nichts weiter als Cuticularbildungen, insofern sie ursprünglich solide Auswüchse der genannten Membran darstellen. Man weiss aber von den anderen höheren Sinnesorganen, dass solche Cuticularbildungen stets in der Gegend, wo die Nervenendigungen liegen, angetroffen werden und so oft schon irrthümlich für nervöse Gebilde angesehen worden sind, resp. noch heute von Vielen dafür gehalten werden.

6. Unter den über entoptische Erscheinungen angestellten Versuchen scheint der von Czermak [1]) nicht genügende Berücksichtigung gefunden zu haben, wonach man im eigenen Auge das Mosaik der Zapfen der Macula lutea wahrnehmbar machen kann. Es leuchtet aber von selbst ein, dass ein Licht-empfindender Nerv sich nicht selber sehen kann. Die übrigen aus physiologischen Thatsachen hergenommenen Beweisgründe für die Licht-Perception in der Stäbchenschicht sind wesentlich auf die bekannte Parallaxe der Purkinjé-schen Aderfigur zurückzuführen. Man hat dabei übersehen, dass dieselbe Parallaxe resultiren muss, wenn die Aussenglieder der Stäbchen und Zapfen katoptrisch wirken und die Licht-empfindenden Elemente nach innen von der Stäbchenschicht liegen, wie eine einfache Construction zeigt. Es ist die Alternative gegeben: entweder sind die Stäbchen (resp. Zapfen) die Licht-empfindenden Apparate — oder die letzteren (zur Zeit noch unbekannten) werden nur durch aus der Stäbchenschicht reflectirtes Licht angeregt. Da die erste Alternative nach dem bisher Erörterten ausgeschlossen ist, so verwandelt sich die erwähnte Parallaxe in einen interessanten Beweis dafür, dass nur von der Choroidea her reflectirtes Licht (Goodsir) zur Perception gelangt, wodurch zugleich, wie man weiss, eine Analogie mit Einrichtungen in den Augen von

---

1) Sitzungsber. d. k. k. Akad. d. Wiss. zu Wien. Math. naturw. Cl. 1860. Bd. XLI. S. 644.

Wirbellosen hergestellt ist. Auch die Ausrüstung der nächtlichen Thiere mit langen Aussengliedern, zwischen denen ihre Zapfen schwer zu erkennen sind, wird daraus erklärlich. Denn wenn nur das von der Choroidea her reflectirte Licht empfunden wird, so mag eine vollständigere Reflexion, wie sie mit dem längeren Aussengliede unzweifelhaft gegeben ist, die betreffenden Thiere natürlich befähigen, schon von geringeren Lichtmengen afficirt zu werden.

Man muss also dreierlei in der Retina (Taf. II, Fg. 21) unterscheiden: einen *katoptrisch – dioptrischen Apparat*, einen *bindegewebigen Stützapparat* und die *nervösen Elemente*. Zu dem ersteren sind zu rechnen:

Pigmentzellen und –Scheiden, Tapetum, Zapfen und Stäbchen, Oeltropfen, Zapfen- und Stäbchen-Ellipsoide, Zapfen- und Stäbchenkörner, vielleicht auch die Nadeln.

Zu dem zweiten gehören:

Membrana limitans externa, Zapfenfasern, Stäbchenfasern, Zapfenkegel, Stäbchenkegel, Membrana fenestrata, Radialfasern sammt ihren Kernen, Membrana limitans interna, wahrscheinlich auch die Axenfasern in den Innengliedern, falls sie im Leben vorhanden sind.

*Nervöse Elemente* sind jedenfalls die Opticusfasern und Ganglienzellen, wahrscheinlich auch ein Theil der inneren Körner. Die Endigung des N. opticus ist zur Zeit nicht mit Sicherheit bekannt, vermuthlich liegt sie in der inneren Körnerschicht verborgen, wie schon daraus wahrscheinlich wird, dass an dieser Stelle bekanntlich auch die Blutgefässe aufhören. Eine Sonderung der sehr verschiedenartigen Elemente, welche unter dem Namen der inneren Körnerschicht zusammengefasst werden, scheint zu den dringendsten Aufgaben zu gehören.

Es ist dabei zu berücksichtigen, dass sowohl die äusseren, als die inneren Schichten der Retina in ihrem Bau, soweit die jetzigen Hilfsmittel reichen, vollständig aufgeschlossen zu sein scheinen, was von der in der Mitte der Retina liegenden inneren Körnerschicht durchaus nicht behauptet werden kann.

Ueber die **Theorie der Licht-Empfindung** dürften alle möglicherweise aufzustellenden Hypothesen bereits dagewesen sein.

Zuerst hatte, wie schon (S. 1) bemerkt wurde, E. H. Weber[1]) die Vermuthung ausgesprochen, dass die (Aussenglieder der) Stäbchen einen lamellösen Bau haben möchten, da sie so sehr leicht in querer Richtung spaltbar sind. Die Lichtwellen könnten in den als dünne Säulchen zu betrachtenden Stäbchen eine Bewegung der Electricität hervorrufen. H. Müller[2]) hatte diese Theorie gewissermassen adoptirt.

Dagegen glaubte Draper[3]), dass durch die Absorption der Lichtstrahlen in dem schwarzen Retinalpigment eine Erwärmung der Stäbchen stattfinde,

1) Berichte d. k. sächs. Gesellsch. der Wissensch. zu Leipzig. 1851. S. 139.
2) Zeitschr. f. wissensch. Zool. 1856. Bd. VIII. S. 113. Anm.
3) Human physiology. 1856. S. auch W. Krause, Anat. Untersuchungen. 1861. S. 57.

wonach die Mechanismen für die Lichtperception nicht im Princip, sondern nur durch ihre äussere Anordnung, Dimensionen etc. von denjenigen verschieden wären, welche Wärme-Empfindungen zu vermitteln haben. (S. auch oben, Stäbchenschicht, S. 22.) Zur Unterstützung dieser Hypothese wurden die bekannten pigmentirten Augenflecke niederer Thiere herbeigezogen, welche, wenn sie bestrahlt sind, besser erwärmt werden müssen, als die Körperoberfläche des Thieres, gerade wie ein schwarzes Stück Tuch im Sonnenlicht tiefer in den aufthauenden Schnee einsinkt, als ein weisses — was schon Franklin wusste.

Ferner meinte Hensen[1]), dass durch die Lichtstrahlen in den Stäbchen chemische Umsetzungsproducte erzeugt werden könnten, welche auf die muthmasslich in der Axe der Stäbchen verlaufenden Nervenfasern angreifend wirken könnten.

Die Draper'sche Hypothese ist kürzlich von Czerny[2]) adoptirt worden. Derselbe blendete Thiere mit Hülfe von Brennlinsen (2″ Brennweite) und Hohlspiegeln. Dieselben Versuche wurden an todten Augen angestellt. An den geblendeten Netzhautpartieen war Contraction der Retinalgefässe, manchmal eine Coagulation der in der Retina, namentlich in den Stäbchen enthaltenen Eiweisskörper nachzuweisen, während in anderen Fällen (beim Meerschweinchen) die Stäbchen vollkommen intact erschienen. Secundär traten Entzündungs- und Wucherungsprocesse auf, die schliesslich zu einer Atrophie der Netzhaut führten. Die angewendete Concentration der (leuchtenden) Wärmestrahlen war so bedeutend, dass der Focus des einen von Czerny benutzten Apparates nach ganz kurzer Zeit eine Brandblase auf dem Handrücken hervorrief. Auch wurde die Krystallinse bei den Versuchen getrübt, sowie auf der Choroidea ausgebreitetes Eiweiss coagulirt.

Hiernach ist ersichtlich, dass die angewendeten Wärme-Intensitäten zu bedeutend waren, um ohne Weiteres Rückschlüsse auf die normalen Verhältnisse zu gestatten. Czerny ist auch nicht der Meinung, dass durch seine Versuche die Draper'sche Theorie gestützt werde, wohl aber werde dadurch — was allerdings keinem Zweifel unterliegt — bewiesen, dass durch das in der Pigmentschicht absorbirte Licht Wärme producirt werde.

Ob durch directes Sonnenlicht eine nachweisbare Veränderung in der Retina hervorgerufen werde, versuchte ich folgendermassen zu erfahren.

Lässt man das im fixirten Kopfe befindliche Auge eines eben verbluteten Kaninchens vom einfallenden Sonnenlicht $\frac{1}{4}$—$\frac{1}{2}$ Stunde lang bestrahlen, so könnte man insbesondere bei Annahme einer chemischen Theorie der Licht-Empfindung hoffen, die vermöge der Erd-Rotation vom Sonnenbildchen zurückgelegte Bahn werde durch leicht reducirbare Reagentien in der Retina

---

1) Zeitschr. für wissensch. Zoologie. 1865. Bd. XV. Sep. Abdr. S. 45.
2) Sitzungsberichte der k. k. Akad. der Wissensch. zu Wien. Math.-naturw. Classe. Bd. 56. H. 3. Abth. 2. 1867. S. 409.

wahrnehmbar zu machen sein. Das Auge des getödteten Thieres ist für parallele Strahlen accommodirt ; wegen des Verblutungstodes dürfte keine merkliche Restitution durch das Blut mehr stattfinden, und in der Osmiumsäure sowie im Goldchlorid stehen für diesen Zweck anscheinend geeignete Reagentien zur Verfügung. Aber weder macroscopisch noch microscopisch, weder am frischen Präparat noch mit Hülfe von Reagentien, war in dem aus der Kaninchenleiche genommenen Auge eine Spur der Bestrahlung nachzuweisen.

Es gelang also nicht die Nachbilder der Sonne, die subjectiv für das Thier vorhanden gewesen wären, auch objectiv wahrnehmbar zu machen, was übrigens, soweit die Stäbchenschicht in Frage kommt, mit der Auffassung der letzeren als eines katoptrischen Apparates vollkommen übereinstimmt.

Endlich hat Zenker[1]) auf die angebliche Plättchenstructur gestützt eine Theorie der Lichtperception durch »stehende Wellen« abzuleiten versucht, welche darauf hinausläuft, dass der einfallende Lichtstrahl mit dem im Stäbchen reflectirten interferirend auf die Stäbchen-Substanz verändernd einwirken soll. Nachdem die Dicke der betreffenden Plättchen als ausserordentlich schwankend erkannt worden ist (S. oben Stäbchenschicht, S. 23), braucht diese Hypothese wohl nicht weiter berücksichtigt zu werden.

Wenn es gleich nicht zu bezweifeln ist, dass weder (sog. dunkle) Wärmestrahlen noch aktinische Strahlen die Lichtperception erregen, sondern nur diejenigen Aetherwellen, die wir eben Lichtstrahlen nennen, so wäre es doch möglich, dass durch den in der Retina befindlichen, oben genauer definirten katoptrischen Apparat vorzugsweise entweder Wärmestrahlen oder chemische Strahlen zurückgeworfen würden. Was von der Choroidea durch die Substanz der Aussenglieder, die ellipsoidischen Körper, die Oeltropfen und die Schichten der äusseren Körner hindurch auf die zur Zeit noch unbekannten wahrscheinlich auch Mosaik-ähnlich angeordneten Endigungen des N. opticus reflectirt wird, sind ohne Zweifel Aetherwellen. Aber es ist damit nicht gesagt, dass die zurückkehrenden ursprünglich nicht homogenen Strahlen dieselbe Composition haben müssten, wie die einfallenden. Es ergibt sich daraus die weitere Aufgabe, die optischen Constanten dieses complicirten reflectirenden Apparates genauer zu untersuchen, wofür als erster Versuch die oben (S. 25) gegebene Annäherung an einen Werth für den Brechungsindex der Stäbchen (1,45—1,47) betrachtet werden kann. Ein Fortschreiten auf diesem Wege dürfte viel dankbarer und am Ende sogar für die theoretische Optik lohnender sein, als wenn man das alte Räthsel in dem Stadium lässt, in welchem es seit Treviranus, der zuerst die Stäbchen für Enden des N. opticus ansprach, verharrt. Denn wenn das Licht im Stande wäre, schon in der Stäbchen-Substanz einen electrischen Process hervorzurufen, so sieht man nicht ein, wesshalb die Leitung erst noch durch äussere Körner, innere Körner, Ganglienzellen in jeder Faser mindestens dreimal unterbrochen werden müsste,

---

1) Arch. f. microsc. Anat. 1867. Bd. III. S. 248.

ehe sie nach dem Gehirn gelangt. So würde aber die Sache liegen, wenn die bisherige Hypothese von einer anatomischen Continuität der Stäbchen mit den Opticusfasern sich bewährt hätte, anstatt widerlegt worden zu sein.

Ueber die Farben-Empfindungen war von mir [1] in einer Notiz gesagt worden: das Vorkommen von dreierlei durch die Farben (orangeroth, gelbgrünlich, blassblau) der Oeltropfen charakterisirten Zapfen bei Lacerta agilis sei von allgemeinerem Interesse in Bezug auf die Folgerungen, welche aus den Beobachtungen über Farbenblindheit gezogen worden sind: insofern nämlich drei Arten von Farben-Empfindungen vermittelnden Elementen gefordert werden.

Bei einer späteren Gelegenheit [2] wurde hervorgehoben: »Aus den bekannten Untersuchungen von Brücke geht unzweifelhaft hervor, dass die Aussenglieder der Stäbchen katoptrische Wirkungen haben und die Frage scheint nur die zu sein, ob diese unzweifelhaft vorhandene reflectirende Eigenschaft für den Mechanismus der Licht-Empfindung wesentlich ist oder nicht. Die farbigen Oeltropfen in den Zapfen bei Vögeln und Amphibien stellen eine Unterbrechung dar, die mit der Hypothese von der nervösen Natur der Zapfen nicht wohl vereinbar ist, sondern auf eine rein optische Wirkung der letzeren hindeutet. Bei der Eidechse sind in den Farben jener Oeltröpfchen sämmtliche Hauptnüancen des Spectrum vertreten. Vielleicht weist dieser Umstand auf eine Bedeutung der Zapfen für die Farben-Empfindungen hin.«

Später hat M. Schultze [3] bestimmter die Hypothese aufgestellt: dass die Stäbchen nur dem Lichtsinn, die Zapfen dem Farbensinn dienen. So Vieles auch für diese Hypothese spricht, so kann sie doch nicht mit Hülfe der nächtlichen Thiere bewiesen werden. Denn wie oben gezeigt wurde haben Eule, Hyäne, Maus ebenso viele Zapfen wie andere im Tageslicht lebende Thiere. Vielmehr besteht der wesentliche Unterschied bei den Nachtthieren nur darin, dass die Aussenglieder ihrer Stäbchen relativ sehr lang und desshalb die Zapfen schwerer wahrzunehmen sind.

Was das Gelbsehen anlangt, so fand sich in einem von mir genau untersuchten Fall von Icterus beim Menschen keine Art von Anomalie weder in der Macula lutea, noch in der übrigen Retina. Die Cornea und der Humor

---

1) Zeitschr. f. ration. Medicin 1863. Bd. XX. S. 8.

2) W. Krause, Beiträge zur Neurologie der oberen Extremität 1865. S. 32.
Herr Professor Eckhard hat kürzlich eine eigene Schrift (An Herrn Dr. W. Krause, Professor der modernen anatomischen Anschauungen in Göttingen. 1868. (Fr. Chr. Pietsch) gegen mich gerichtet, worin er bedauert, die hier genannte Monographie nicht erwähnt zu haben. Eckhard hat früher einmal schöne Worte gesagt über »Ungezogenheiten, wie sie leider vielfach in unserer Literatur noch vorkommen.« Wer bisher in glücklicher Unbekanntschaft mit Streitfragen dahinlebte, die heute einen so grossen Theil der wissenschaftlichen Welt bewegen, sollte sich freuen in schonender Weise auf die reelle Sachlage aufmerksam gemacht zu sein. Statt dessen werden Sammlungen von anmuthigen Ausdrücken veranstaltet, wie solche bei einer Giessener Buchhandlung käuflich zu haben sind.

3) Arch. f. microsc. Anat. 1866. Bd. II.

aqueus waren zu wenig gefärbt, um eine merkliche Farbenänderung bewirken zu können, dagegen zeigte die Krystalllinse eine intensiv gelbe Färbung. Die Meinung von M. Schultze[1] im Icterus ändere sich die Farbe der Macula lutea, hat sich also nicht bestätigt.

Eine weitere Discussion über die Theorie der Licht- und Farben-Empfindungen muss so lange als unfruchtbar erscheinen, bis die wirkliche Endigung des N. opticus aufgedeckt ist. Vielleicht bietet eine genauere Untersuchung der Fovea centralis des Menschen oder der analogen gefässlosen Area centralis der Säugethiere die meiste Aussicht das Problem zu lösen, vielleicht ist die innere Körnerschicht der Fische oder die Fovea centralis[2] derselben für diese Aufgabe am geeignetsten. Die Erkenntniss der wahren Endorgane des N. opticus, die, wie gesagt, vermuthlich ein Mosaik bilden werden, dürfte in demselben Maasse für die Theorie der Nervenprocesse fruchtbringend sein, als die Bedeutung des wichtigsten Sinnesorgans für den Mechanismus der thierischen Organisation eine überwiegende ist. Hierin liegt wohl der Grund des allgemeinen Interesses gerade an diesen Fragen.

Oefters kann man bekanntlich aus der Untersuchung der Retina allein die Familie bestimmen, welcher ein Thier angehört. Die vorkommenden Differenzen betreffen aber nur die relative Entwicklung der einzelnen Elemente (z. B. der Stäbchen und Zapfen, ihrer Innenglieder und Aussenglieder etc.), nicht das Wesen der Sache nämlich den Zusammenhang der stets vorhandenen Elementartheile selbst. Es können sich ändern: die Anzahl derselben, ihre einzelnen absoluten und relativen Dimensionen, die Leichtigkeit, mit welcher sie am Präparat aufgefunden werden können u. s. w. Vorhanden sind sie dennoch in stets analoger Weise und das (Taf. II, Fig. 21) aufgestellte Schema soll, von den inneren Körnern abgesehen, für alle Wirbelthiere gelten.

---

1) Sitzungen d. niederrhein. Gesellsch. f. Natur- u. Heilk. zu Bonn. 9. Mai 1866.
2) Journ. of anat. and physiol. II. Ser. Nro I. S. 12.

# Tafel-Erklärung.

In allen Figuren bedeutet:

*p* Retinalpigment.

*b* Stäbchenschicht resp. Stäbchen.

*z* Zapfen.

*a* Aussenglied.

*i* Innenglied.

*oe* Oeltröpfchen.

*e* Ellipsoidischer Körper.

*n* Nadeln.

*mle* Membrana limitans externa.

*gre* äussere Körner.

*zf* Zapfenfaser. *zk* Zapfenkegel.

*bf* Stäbchenfaser. *bk* Stäbchenkegel.

*mf* Membrana fenestrata.

*gri* innere Körner.

*r* Radialfaser.

*gr* granulirte Schicht.

*gg* Ganglienzellen.

*op* Opticusfibrillen.

*mli* Membrana limitans interna.

*mh* Membrana hyaloidea.

## Tafel I.

Fig. 1. Drei Zellen der Membrana fenestrata vom Kalbe. *A*. Durch concentrirtere Osmiumsäure, *B, C* durch Chromsäure von 0,03 %, isolirt. Vergr. 450. *A*. Flächenansicht mit einem Fenster (Lücke). *B*. Flächenansicht mit einem granulirten Kern. *C*. Die Zelle von *B* im Profil mit ihrem abgeplatteten Kern.

Fig. 2. Flächenansicht der Membrana fenestrata von Cercopithecus sabäus. Chromsäurelösung von 0,03 %, gefroren und durch Flächenschnitte in der Ebene der Retina erhalten. Vergr. 450. *l* Lücke, *k* Kern.

Fig. 3. Membrana fenestrata aus der Nachbarschaft der Macula lutea des Menschen. Kali carbonicum mit Wasserzusatz. Vergr. 800. *zf* Zapfenfasern. *bf* Stäbchenfasern. *r* Radialfasern. *l* Lücke der Membran.

Fig. 4. Membrana limitans externa vom Menschen. Flächenansicht an einem gefrorenen Präparat in Kali bichromicum, Schnitt parallel der Ebene der Retina. *z* Lücke, in welcher ein Zapfen gesessen hat. *n* Nadeln, die sich umgelegt haben. Vergr. 700.

Fig. 5. Membrana limitans externa vom Menschen mit ihren Nadeln *n* auf dem Querschnitt. *mle* Membrana limitans externa. Kali bichromicum. Vergr. 1000.

Fig. 6. Zwei Stäbchenkörner vom Menschen 1/4 Stunde nach dem Tode mit Glaskörperflüssigkeit. Die Querstreifen der stärker lichtbrechenden Substanz sind schattirt. Vergr. 1000.

Fig. 7. Aus der Retina vom Hunde durch verdünnte Osmiumsäure isolirt. Vergr. 400. *n* Nadeln der Membrana limitans externa, deren Basis zu dick ausgefallen ist. *mle* Membrana limitans externa. *bf* Zwei varicöse Stäbchenfasern. *gre* Quergestreiftes Stäbchenkorn. *mf* Zelle der Membrana fenestrata. *r* Radialfaser. *mli* Membrana limitans interna.

Fig. 8. Senkrechter Durchschnitt der Retina des Menschen aus dem Hintergrund des Auges. Kali bichromicum. Vergr. 500. Die inneren Schichten der Netzhaut sind abgerissen.

*gre* Aeussere Körner.  *zf* Zapfenfaser.  *zk* Zapfenkegel.  *bf* Stäbchenfaser.  *bk* Stäbchenkegel. *mf* Zellen der Membrana fenestrata.  *l* Lücke derselben.  *r* Radialfaser.

Fig. 9.  Zwei Zapfenkegel vom Menschen mit den sich umbiegenden Zapfenfasern vom Rande der Macula lutea.  Senkrechter Schnitt in meridionaler Richtung, die Fovea centralis als Pol gedacht.  Kali bichromicum.  Vergr. 500.  *zk* Zapfenkegel.  *zf* Zapfenfasern.  *mf* Zellen der Membrana fenestrata.  *gri* Aeusserste Reihe der inneren Körner, an dem mittleren befindet sich eine kurz abgerissene Faser; das links gelegene ragt in eine Lücke der Membrana fenestrata hinein.  *r* Radialfaser.

Fig. 10.  Sechs Zapfenkegel aus demselben Präparat, um den horizontalen Verlauf der Zapfenfasern zu zeigen, welche die Zapfenfaserschicht *zf* bilden.  Die äusserste Lage der inneren Körner zeichnet sich durch ihre Grösse vor den übrigen aus.  Vergr. 400.  Buchstaben wie in Fig. 9.

Fig. 11.  Senkrechter Schnitt in meridionaler Richtung durch den Rand der Fovea centralis vom Menschen, um das Aufhören der Membrana fenestrata zu zeigen.  Kali bichromicum.  Vergr. 300.  *z* Schlanke Zapfen der Fovea selbst.  *mle* Membrana limitans externa. *gre* Zapfenkörner.  *zf* Zapfenfaserschicht.  *mf* Letzte Zellen der membrana fenestrata. *gri* Innere Körner.

Fig. 12.  Senkrechter Durchschnitt vom Rande der Macula lutea des Menschen, rechtwinklig auf die Fasern der Zapfenfaserschicht.  Kali bichromicum.  Vergr. 500.  *b* Stäbchen und Zapfen.  *mle* Membrana limitans externa.  *gre* Aeussere Körner.  *zf* Querschnitte der Zapfenfasern von länglicher Form.  *zk* Sechs Zapfenkegel in Verbindung mit den Zellen der Membrana fenestrata *mf*.  *gri* Aeusserste Lage der inneren Körner.  *r* Radialfasern.

Fig. 13.  Senkrechter Durchschnitt an einem Chromsäure-Präparat von 0,015% von der Katze.  Vergr. 500.  *mle* Membrana limitans externa.  *gre* Aeussere Körner.  *bf* Varicöse Stäbchenfasern, sich an die Membrana fenestrata mit Stäbchenkegeln ansetzend; die äusserste hat sich abgelöst.  *zk* Zapfenkegel.  *mf* Zelle der Membrana fenestrata.  *r* Radialfaser mit einem ovalen Kern.  *mli* Membrana limitans interna.

Fig. 14.  Senkrechter Durchschnitt aus der Retina des Rindes.  Kali carbonicum und Wasserzusatz.  Vergr. 400.  *b* Stäbchen und Zapfen, welche letzteren Zapfenfasern durch die äussere Körnerschicht *gre* senden.  Die Zapfenfasern entspringen von den Zapfenkörnern, worin der Stich nicht ganz richtig ausgefallen ist.  *mle* Membrana limitans externa.  *mf* Membrana fenestrata mit ihren Lücken.  *gri* Innere Körner.  *r* Radialfasern.

Fig. 15.  Membrana fenestrata aus einem senkrechten Durchschnitt von der Katze. Reine Profilansicht.  Vergr. 600.  *bk* Stäbchenkegel.  *zk* Zapfenkegel.  *r* Radialfasern.

Fig. 16.  Zapfen vom Menschen im Zusammenhange mit zwei Zellen der Membrana fenestrata durch verdünnte Osmiumsäure isolirt.  Vergr. 500.  *a* Aussenglied.  *i* Innenglied. *gre* Zapfenkern.  *zf* Zapfenfaser.  *zk* Zapfenkegel.  *mf* Zwei Zellen der Membrana fenestrata mit je einer Lücke.  *r* Abgerissene Radialfaser.

Fig. 17.  Zapfen vom Schaf, alles wie in Fig. 16.  Der Zapfenkegel ist gefaltet und strahlt scheinbar pinselförmig durch einzelne Fasern in die Zelle der Membrana fenestrata aus.

Fig. 18.  Zapfen vom Kalbe, alles wie in Fig. 16.  Das Zapfenkorn zeigt Andeutungen mehrerer Querstreifen.

Fig 19.  Senkrechter Durchschnitt durch die Retina des Rindes.  Chromsäure von 0,6%. Scheinbare Radialfasern der äusseren Körnerschicht, in Wahrheit sind es Stäbchenfasern, die mit den Stäbchenkörnern *gre* im Zusammenhang stehen.  Vergr. 400.  *z* Innenglied eines Zapfens.  *mle* Membrana limitans externa.  *mf* Membrana fenestrata mit den Ansätzen der Stäbchenfasern und Zapfenfasern *zf*.

Fig. 20.  Aus einem Querschnitt der Retina vom Kaninchen.  Kali carbonicum und Wasserzusatz.  Vergr. 400.  Zwei Radialfasern isolirt im Zusammenhang mit zwei Zellen der Membrana fenestrata und der Membrana limitans interna *mli*.  *r* Kerne der Radialfasern. *bk* und *zk* Ansätze der Stäbchenkegel und Zapfenkegel.

## Tafel II.

Fig. 21. Schema zur Erläuterung des Bau's der Retina der Wirbelthiere. Eine Pigmentzelle *p* der Retina stösst an ein Stäbchen. Das Aussenglied desselben ist homogen, im Innenglied findet sich ein Stäbchen-Ellipsoid und eine Axenfaser. Daneben sitzt ein Zapfen auf der Membrana limitans externa, dessen Innenglied ein Zapfen-Ellipsoid enthält, und ferner eine Nadel *n*. Durch die Stäbchenfaser und Zapfenfaser wird die Verbindung mit einer Zelle der Membrana fenestrata *mf* hergestellt. In diese Fasern ist ein Stäbchenkorn, resp. ein Zapfenkorn eingeschaltet; ersteres zeigt drei, letzteres fünf stärker lichtbrechende Querstreifen. Die Zelle der Membrana fenestrata steht durch eine dicke Radialfaser, welcher ein ovales Korn ansitzt, mit der Membrana limitans interna *mli* in Verbindung. In dem Fenster der Zelle *mf* liegt ein Korn der äussersten Lage der inneren Körnerschicht. Die multipolare Ganglienzelle *gg*, sowie die Opticusfibrille *op* sind als nervöse Elemente durch Punktirung hervorgehoben; der Zusammenhang des Kornes *gri* mit einem Ganglienzellen-Ausläufer wird vermuthet.

Fig. 22. Senkrechter Durchschnitt der Retina vom Kaninchen. Chromsäure von 0,03 %. Vergr. 400. Eine Zelle der Membrana fenestrata steht einerseits im Zusammenhang mit sechs Stäbchenfasern und Stäbchenkörnern, nach der andern Seite hin mit einer Radialfaser. Die andere Radialfaser setzt sich scheinbar in die äussere Körnerschicht fort; in Wahrheit ist *zf* eine Zapfenfaser, die durch einen Zellenrest *mf* von blasser Beschaffenheit mit der Radialfaser in Zusammenhang steht. *gre* Stäbchenkörner. *mf* Zellen der Membrana fenestrata. *r* Radialfasern. *mli* Membrana limitans interna.

Fig. 23. Stäbchenschicht des neugeborenen Kaninchens. Zwei Stunden nach der Geburt in Kali bichromicum gelegt. Vergr. 700. *mle* Membrana limitans externa. Die kleinen Höcker sind Anlagen der Innenglieder von Stäbchen und Zapfen. Die Aussenglieder der Stäbchen gleichen Cilien.

Fig. 24. Retina des neugeborenen Kaninchens am dritten Tage nach der Geburt. Ganz frisch mit Glaskörperflüssigkeit. Die Stäbchen sind grösser geworden, bei *z* liegen zwei Zapfen scheinbar dicht neben einander. Vergr. 700. *mle* Membrana limitans externa. An den äusseren Körnern beginnt die Querstreifung sich zu entwickeln, indem zugeschärfte, den Cartilagines falciformes des Kniegelenks vergleichbare Platten in das Innere des äusseren Kornes hineinwachsen. Auf dem optischen Durchschnitt erscheinen dieselben dreieckig.

Fig. 25. Zapfen von Cercopithecus sabäus in 3%tiger Essigsäure. *A* und *B* isolirt aus der Macula lutea, *C* aus dem Hintergrund des Auges. Die Aussenglieder sind etwas geschrumpft, die Innenglieder etwas gequollen; das Aussenglied von *C* in 3—4 Plättchen zerfallen. *a* Aussenglied. *i* Innenglied. *e* Zapfen-Ellipsoid. *gre* Zapfenkorn mit 4—5 Querstreifen. *zf* Zapfenfaser.

Fig. 26. Zwei Zapfen aus der Retina des Huhnes in 3%tiger Essigsäure isolirt. Drei Wochen vorher war der N. opticus durchschnitten. Die Zapfen verhalten sich vollständig normal. Die Aussenglieder sind nicht angegeben. Vergr. 1000. *oe* Oeltropfen, welcher die Dicke des Zapfens vollständig ausfüllt. *e* Zapfen-Ellipsoid mit der Axenfaser des Innengliedes im Zusammenhang stehend. *gre* Zapfenkorn mit mehreren Querstreifen. *zf* Zapfenfaser.

Fig. 27. Stäbchen und Zapfen des Aals (Muraena fluviatilis). Kali bichromicum. Vergr. 400. *mle* Membrana limitans externa.

Fig. 28. Stäbchen und Zapfen der Maus. Kali bichromicum. Vergr. 600. *z* Innenglied des Zapfens, dessen Basis im Stich zu schmal ausgefallen ist; der Zapfen war in seinem äusseren Theile ein wenig gequollen. *gre* Aeussere Körner; an den Stäbchenkörnern hat sich ein blasser Querstreifen erhalten. Die Aussenglieder sind sehr lang. *mle* Membrana limitans externa.

Fig. 29. Senkrechter Durchschnitt der Retina vom Frosch. Kali carbonicum mit Wasserzusatz. Vergr. 400. *p* Pigmentzellen. Die Stäbchen sind sehr blass geworden, zwischen dieselben ragen die Pigmentscheiden abwärts. *mle* Membrana limitans externa. *mf* Membrana fenestrata links im Profil, rechts in Flächenansicht mit einer Lücke. An dieselbe setzen sich von oben her die Stäbchenfasern, von unten her die Radialfasern *r*. Die äusseren und inneren Körner sind in eine feingranulirte Masse verwandelt.

Fig. 30. Membrana hyaloidea von der Macula lutea des Menschen. Kali bichromicum, Querschnitt. Vergr. 400. *mli* Membrana limitans interna. *r* Radialfasern. *mh* Membrana hyaloidea mit einem länglichen Kern auf dem Querschnitt.

Fig. 31. Senkrechter Durchschnitt der Retina vom Kaninchen, 21 Tage nach Durchschneidung des N. opticus. Kali bichromicum und Natronzusatz unter dem Microscop. Vergr. 450. *mli* Membrana limitans interna. *op* Fettig degenerirte Opticusfasern. *gg* Fettig degenerirte Ganglienzelle nebst Ausläufern, welche in die granulirte Schicht hineinragen. *r* Radialfasern.

Fig. 32. Flächenansicht der Retina des gesunden Auges von dem Kaninchen von Fig. 31. Ganz frisch in Glaskörperflüssigkeit von der Innenseite. Vergr. 450. Ansicht der Ganglienzellen mit Kernen und glänzenden Kernkörperchen (Stratum globulosum von C. Krause). *op* Bündel der Opticusfibrillen.

Fig. 33. Dasselbe Auge von Fig. 31, unmittelbar nach dem Tode des Kaninchens untersucht. Alles Uebrige wie in Fig. 32. Flächenansicht der fettig entarteten Ganglienzellen. Bei *gg* sitzen die Körnchen am Rande der Zelle. Auch die Ausläufer der Ganglienzellen sind jetzt an ihren Fettkörnchen leicht zu erkennen. *op* Opticusfibrillen, ebenfalls fettig degenerirt.

Fig. 34. Senkrechter Durchschnitt der Retina von Falco buteo. Kali bichromicum. Vergr. 400. Drei Zapfen und ein Stäbchen mit ihren Aussengliedern, Innengliedern, Oeltröpfchen *oe*, Zapfenkörnern, Zapfenkegeln, Stäbchenkorn und Stäbchenkegel. Die Zapfenfasern und Stäbchenfasern gehen in die durchbrochenen Zellen der Membrana fenestrata *mf* über. *mle* Membrana limitans externa.

Fig. 35. Senkrechter Durchschnitt der Retina von Strix noctua. Kali carbonicum und Wasserzusatz. Vergr. 400. Vier Zapfen und einige Stäbchen; die Zapfenfasern und Stäbchenfasern setzen sich mittelst Kegeln an die Membrana fenestrata *mf*. *r* Radialfasern. *p* Pigmentzellen mit Fetttropfen. *mle* Membrana limitans externa.

Fig. 36. Senkrechter Durchschnitt des äusseren Theiles der Retina von Strix noctua. 3 % Essigsäure-Präparat. Vergr. 400. Fünf Zapfen mit Oeltröpfchen und 10 Stäbchen. *mle* Membrana limitans externa. *gre* Zapfenkörner und Stäbchenkörner mit je vier bis sechs Querstreifen. *zk* Zapfenkegel sich an die Membrana fenestrata inserirend. Von letzterer ist nur eine Zelle *mf* an dem Präparat erhalten.

Fig. 37. Senkrechter Durchschnitt durch die ganze Retina des Aals (Muraena fluviatilis). Nur die inneren Schichten sind gezeichnet. Kali bichromicum. Vergr. 850. Man sieht ein Blutgefäss mit kernhaltigen Blutkörperchen in der granulirten Schicht. *op* Opticusfibrillen. *mli* Membrana limitans interna.

Fig. 38. Retina des Kaninchens frisch mit wolframsaurem Ammoniak. Mosaik der Stäbchen und Zapfen in der Flächenansicht von aussen her. Gegend des Aequators. Vergr. 400.

Fig. 39. Optischer Querschnitt eines Stäbchen-Aussengliedes vom Schwein. Flächenansicht der frischen Retina von aussen gesehen, mit Glaskörperflüssigkeit. Vergr. 1000. *A* Bei centraler Stellung des Spiegels. Im Centrum des Stäbchenquerschnittes erscheint das Bild des Spiegels als dunkler Punkt. *B* Dasselbe Stäbchen bei schiefer Beleuchtung. Der dunkle Punkt ist dem Spiegel folgend nach rechts gewandert.

Fig. 40. Isolirte Aussenglieder der Stäbchen vom Frosch. Frisch. Vergr. 1000. *A* Stäbchen sehr blass erscheinend in der Substanz der äusseren Schicht einer frischen Krystalllinse vom Rind. *B* Ein Stäbchen in Olivenöl; ausserhalb der Stäbchen-Contour erscheint eine dunklere Schattirung.

Fig. 41. Senkrechter Durchschnitt der Retina vom Hecht (Esox lucius). Kali bichromicum. Vergr. ca. 500. Zwei Zapfen und zwei Stäbchen sitzen auf der Membrana limitans externa. Man sieht je zwei Stäbchenkörner und Zapfenkörner, die Stäbchenfasern und Zapfenfasern, sowie die Stäbchenkegel und Zapfenkegel. Die letzteren beiden Gebilde gehen in die Zellen der Membrana fenestrata über, welche andererseits mit den abgerissenen Radialfasern zusammenhängen. Nach innen von der Membrana fenestrata liegt die aus mehr körnigen, stets kernhaltigen Zellen bestehende Membrana perforata (Stratum intergranulosum fenestratum). *mle* Membrana limitans externa. *zk* Zapfenkegel. *mf* Membrana fenestrata. *mp* Membrana perforata. *r* Radialfasern.

Fig. 42. Neurotom zur Durchschneidung des N. opticus in der Augenhöhle beim Kaninchen. Natürliche Grösse. Horizontalprojection, von unten gesehen.

Fig. 43. Dasselbe in Horizontalprojection um 90° gedreht. Von der Seite gesehen, so dass die Biegung nach der Fläche, die sich der Bulbus-Oberfläche anschliessen soll, ersichtlich wird.

Fig. 44. Dasselbe von vorn, Verticalprojection. Die Biegung auf die Schneide ist anschaulich, bei * liegt die schneidende Stelle. Der Griff erscheint in stärkster Verkürzung.

Druck von Breitkopf und Härtel in Leipzig.